KB038134

DREAMBOOKS★

DREAMBOOKS ★

DREAMBOOKS★

DREAMBOOKS★

수라전설 독룡

시니어 신무협 장편소설

ORIENTAL FANTASY STORY & ADVENTURE

dream
books
드림북스

수라전설 독룡 22 수라의 왕

초판 1쇄 인쇄 2020년 6월 5일
초판 1쇄 발행 2020년 6월 22일

지은이 시니어
발행인 오영배
편집 편집부
일러스트 eunae
본문 디자인 오정인
제작 조하늬

펴낸곳 (주)삼양출판사 · 드림북스
주소 서울시 강북구 도봉로 173
대표 전화 02-980-2112 **팩스** 02-983-0660
편집부 전화 02-987-9393 **팩스** 02-980-2115
블로그 blog.naver.com/dreambookss
출판등록 1999년 3월 11일 제9-00046호

ⓒ 시니어, 2020

ISBN 979-11-283-9883-4 (04810) / 979-11-283-9448-5 (세트)

+ (주)삼양출판사 · 드림북스의 서면 허락 없이는 어떠한 형태나 수단으로도 이 책의 내용을 이용하지 못합니다.
+ 지은이와 협의하에 인지는 생략합니다. 잘못된 책은 구입한 곳에서 바꾸어 드립니다.
+ 이 도서의 국립중앙도서관 출판시도서목록(CIP)은 서지정보유통지원시스템홈페이지(http://seoji.nl.go.kr)와
  국가자료종합목록 구축시스템(http://kolis-net.nl.go.kr)에서 이용하실 수 있습니다. (CIP제어번호 : CIP2020021866)

드림북스는 (주)삼양출판사의 판타지 · 무협 문학 브랜드입니다.

수라전설
독룡
22
| 수라의 왕 |
시니어 신무협 장편소설
ORIENTAL FANTASY STORY & ADVENTURE
dream books
드림북스

목 차

第一章

삶의 가치

왕연이 물었다.

"누구일까?"

진자강은 대답할 필요가 없었다.

이미 대답은 정해져 있었다.

돈이 최우선적인 가치가 되는 세상이 온다면, 돈을 전문적으로 다루는 이들이 가장 유리한 위치에 있을 것임에는 명확했다.

시세를 잘 알고 계산에 익숙하며 거래에 능숙한 자들…….

바로 이재(理財)에 밝은 상인들이다.

왕연이 말했다.

"짚신 한 짝, 소금 한 말을 얼마나 싸게 사서 얼마나 많은 이윤을 남기고 비싸게 팔아먹느냐는, 나 같은 사람이 할 일이 아니네. 그렇게 해서 아무리 많은 돈을 번다 해도 사람들은 그를 장사치니 장사꾼이니 하며 폄하하고 그의 돈을 질투하기만 할 뿐, 군자의 대우를 해 주지 않아."

왕연은 억울하지 않느냐는 듯한 표정을 지었다.

"하지만 돈이 최우선적인 가치가 되는 세상이 되면 모든 것이 달라지겠지. 사람들은 돈을 벌기 위해 악착같이 일을 할 것이며, 돈을 잘 버는 자는 남의 부러움을 살 것이야. 돈 버는 기술을 가진 이에게는 사람들이 몰리고, 가장 돈을 많이 가진 자는 질투가 아닌 존경을 받으며 성공의 귀감으로 손꼽힐 것이야."

왕연의 말이 이어졌다.

"그러나 이 모든 건 우리 삶의 기준이 돈이 되어야 가능한 일이지. 그러자면 어떻게 해야 할까? 단순히 보상으로 돈을 많이 지불한다고 해서 돈의 가치가 최고가 되는 세상을 만들 수 있을 것 같은가? 천만에!"

왕연은 소매에서 갖은 전표와 동전을 꺼내 뿌렸다.

전표가 날아다니고 동전이 굴러다녔다.

"돈이라는 건 교환의 수단일세. 약속이지. 내가 아무리 많은 돈이 있어도 그것을 쓸 데가 없으면 그저 종이 쪼가리, 쇳조각에 불과할 뿐이야."

왕연은 동전을 들어 보였다.

"제아무리 산간벽지에 가더라도 이 돈을 쓸 수 있어야 한다. 단 한 명과 한 명이 언제 어느 곳에서 만나더라도 이 돈으로 무엇이든 바꾸고 살 수 있어야 하지. 그래야만 돈이 지니고 있는 가치가 높아지는 걸세."

"돈의 가치……."

물가와 시세하고는 다르다. 돈 그 자체로서의 가치다.

"그래서 나는 중원 전역, 곳곳에 돈의 길을 뚫었네. 보부상을 보내고, 수레가 다닐 수 있도록 길을 닦았네. 그 어떤 산간벽지라도, 자급자족 중인 다섯 가구도 채 안 되는 어촌 마을에까지라도 상품을 보내고, 거기에서 돈이 쓰일 수 있도록 최선을 다했네. 많은 손해를 감수하고서 최대의 유통망을 구축할 수 있게 상계의 투자를 이끌어 냈지."

유통망.

상계의 유통망.

상품과 돈, 정보가 오갈 수 있는 길.

안씨 의가도, 다른 문파들도 이용할 만큼 발달되어 있던 상계의 유통망……. 그러나 그 길을 이용한 순간 이미 정보는 전부 노출되고 있었던 것이다.

이번 일은 하나의 상단이나 개인이 아니라, 상계 전체가 작당한 일이었으므로.

더구나 진자강은 유통망을 통해 또 무엇이 오갔는지도 깨달았다.

"아아."

첩첩산중 깊은 산 속, 굽이굽이 이어진 산길의 끝에 수많은 진법을 펼쳐 놓고 유유자적 살고 있던 백화절곡에까지 화(禍)가 미친 이유.

"독을 뿌렸군요."

"독?"

"당신이 뚫은 길을 통해서 사방에 독이 퍼진 겁니다. 탐욕이라는 독이."

방방곡곡에 개척된 유통망을 통해 상품만 들어간 것이 아니다. 필연적으로 탐욕이 함께 퍼지기 시작했다.

지독문도 탐욕에 중독된 이들 중 하나였다. 자신들의 덩치를 불리기 위해, 이익을 위해 백화절곡을 복속시키려 하였다.

철산문의 문주 강규가 죽으며 남긴 자조 섞인 말이 진자강의 귓가에 맴돌았다.

─우리도…… 어쩔 수 없었으니까…….

그는 이미 강호의 흐름에 휘말려 자신의 힘으로는 대세에서 벗어날 수 없음을 안 것이었을까.

왕연이 말했다.

"탐욕은 인간의 본성일세. 그리고 돈은 탐욕이 구체화된 재화에 불과하지. 어쩔 수 없는 일이었네."

"그게 어디가 어쩔 수 없는 일입니까?"

진자강의 목소리에 서서히 분노가 깃들었다.

"당신의 말대로, 애초에 자급자족을 해 왔던 이들에게는 돈이 필요 없습니다. 그들에게 돈은 쇳덩이에 불과합니다. 그런데 그들이 어떻게 돈이 필요하게 만들었습니까? 그들에게 돈이 필요하게 만들 수 있는 방법은 하나뿐입니다."

진자강이 핵심을 짚었다.

"결핍."

왕연은 진자강을 빤히 바라보았다.

진자강이 씹듯이 말을 내뱉었다.

"당신은 돈이 필요하지 않은 이들을 강제로 결핍시켰습니다. 그래서 필요하지 않은 돈을 필요하게 만들었습니다. 그렇게 차근차근 독을 퍼뜨린 겁니다. 아닙니까?"

"산촌에는 들짐승이 많아 질 좋은 활과 활촉이 필요하지. 가죽을 벗기려면 칼을 날카롭게 벼릴 숫돌이 필요하고, 고기를 저장하려면 소금이 필요하네. 모두가 산속에서는 구하기 어려운 것들일세!"

왕연의 목소리가 높아졌다.

"좋은 활이 있으면 한 마리 잡을 시간에 두 마리를 잡을 수 있고, 좋은 숫돌이 있으면 가죽을 깨끗하게 손질할 수 있네. 소금이 있으면 오랫동안 고기를 썩지 않게 저장하여 사시사철 고기를 먹을 수 있지. 불편한 삶을 풍족하게 만드는 것. 우리는 그걸 결핍이라 하지 않고 충족이라 부른다네."

"아니."

진자강이 단호하게 왕연의 말을 잘랐다.

"당신의 말에는 어폐가 있습니다. 사슴 한 마리를 잡고 말 걸, 활과 활촉을 사기 위해 두 마리를 잡아 한 마리를 교환해야 합니다. 숫돌과 교환하기 위해 두 마리 잡을 걸 세 마리를 잡아야 하고, 소금과 교환하기 위해 세 마리 잡을 걸 네 마리를 잡아야 합니다. 사슴을 잡기 어려운 겨울에도 거래를 하기 위해 네 마리 잡을 걸 다섯 마리를 잡아 돈으로 교환해 두어야 할 겁니다."

진자강은 계속해서 말했다.

"결핍되었던 시절보다 풍족한 시절이 되었지만 돈을 벌기 위해 더 많은 사슴을 잡아야 하게 되었고, 더 자주 사냥을 나가야 합니다. 그게 반복되면 돈으로 바꿀 수 있는 가치가 아닌 돈 자체에 탐욕을 가지게 되겠죠. 그것이 당신이 바라던 이상의 삶입니까?"

"내가 조금 전에 한 말도 잊었는가? 움직이는 데에는 돈이 든다네. 그건 삶의 편의 또한 마찬가지지. 타인의 수고로 생산한 물건을 쓰려면 그만한 대가를 치러야 하는 법일세. 누가 그들에게 궁핍해져라, 더 풍족해져라 강요하였는가? 돈에는 감정이 없다네. 탐욕은 사람에게서 나오지 돈에서 나오는 게 아닐세."

"돈에는 감정이 없다면서 왜 돈 얘기를 합니까. 돈이 아니라 당신이 한 짓이란 말입니다. 산골과 어촌에까지 탐욕을 퍼뜨려, 탐욕을 돈으로 치환하고 교묘하게 돈을 추종하게 만들었던 것 아닙니까."

왕연이 뒷짐을 졌다.

그러더니 코웃음을 치며 반문했다.

"좋아. 다 좋다 쳐. 내가 탐욕을 어쩌고 했다는 것도 그렇다 치세. 그래서……. 내가 대체 뭘 잘못했다는 건가? 내가 한 건 그저 유통망을 넓히고 상인들의 처우 개선을 위해 노력한 것뿐이야."

왕연이 양팔을 벌려 보였다.

"무인은 강해지기 위해 매일 칼을 휘두르지. 강한 무인은 후배들의 추종을 받고 존경까지 받네. 나는 상인일세.

돈을 많이 번 상인이 존경받는 세상을 만들고자 한 게 잘못된 것인가? 자네들 무인은 괜찮고 우리는 다르다고?"

왕연의 눈에 역겨움과 분노의 빛이 생겨났다.

"태생이 다르지 않을진대 어찌하여 상인과 무인은 서로 다른 대접을 받아야 하는가!"

왕연이 눈에 힘을 주어 인상을 쓰곤 대답을 재촉했다.

"자, 어서 말해 보게. 대체 내가 무얼 잘못했다는 거지?"

"내가 바보로 보입니까? 당신은 이 모든 계획의 설계자였습니다. 미래상을 제시하고 전체적인 얼개를 꾸몄습니다. 실제로 움직인 건 거상들이었습니다만, 당신이 설득한 때문이 아닙니까. 그래 놓고 자신은 아무것도 하지 않았다고 우기는 겁니다."

진자강이 말을 이었다.

"이제껏 궁금한 게 한 가지 있었습니다. 간혹 그렇게 치밀한 듯 보였던 당신의 계획이 허무할 정도로 실패하는 경우가 있었단 말입니다."

특히나 최근 각 문파에서 일어난 반란이 그러했다. 성공하지 못할 게 분명한데도 반란을 일으키고, 실패했다. 왜 실패할 반란을 부추겼는가.

그것은 진자강을 매우 당혹스럽게 만들었다. 아귀왕의 실체에 접근하기 어렵게 만든 이유이기도 했다.

"그런데 이제 알았습니다. 당신들이 실패에 연연하지 않았던 이유를."

"들어 보지."

"당신이 말했습니다. 모든 행동과 가치 판단의 기준이 돈이 되는 세상을 만들고자 했다고. 혼란이 생기면 사람들은 자신이 믿고 있는 기준에 의해 사태를 판단하고 움직이게 됩니다."

"그렇겠지."

진자강이 왕연의 눈을 쳐다보며 말했다.

"당신은 오랜 시간 공들여 밑 작업을 하고 강호의 인식을 바꿨습니다. 협과 의를 가장 먼저 앞세우던 강호의 흐름을 뿌리부터 오염시켜 이득을 우선시하게 만들었습니다. 그러고 나서 강호에 혼란을 일으켰습니다."

그것이 실패해도 상관없던 이유다.

복잡한 음모를 꾸미지 않아도 되었다. 이미 탐욕의 씨앗은 발아하였고, 강호 전체에 퍼져 있었다.

그래서 상계는 무림인들을 부추겨 반란을 일으키도록 했다. 성공할 필요가 없었다. 혼란이 일어난 것만으로도 충분했다.

이미 뿌리부터 오염된 강호는 단지 혼란스럽게 하는 것만으로도 스스로 알아서 중독되고 썩어 갔으니까.

복잡하기 짝이 없이 펼쳐졌던 강호의 사태는, 일면 강호가 자초한 결과이기도 했다.

왕연이 고개를 끄덕거렸다.

"아주 그럴듯하군. 그럴듯해."

왕연은 진자강을 똑바로 보았다. 그러더니 살벌한 표정으로 웃으며 말했다.

"그리고 놀랍게도 자네가 말한 대부분이 맞는 말이로군?"

이히히히히! 이히히히히히!

환청.

마치 당청의 웃음소리를 닮은 귀곡성이 들려오는 듯하였다.

진자강은 눈을 질끈 감았다.

해월 진인은 그간 일어난 모든 일들이 이익과 관련이 있다고 했다.

　—이익을 보는 자가 있으면, 그들이 배후다.

그러나 해월 진인조차 그 이익이라는 것이 어떤 종류의 이익인지 몰랐기에 배후를 찾을 수 없었다. 이익 뒤에 있는 악의적인 탐욕을 알아채지 못한 때문이다.

이미 해월 진인조차 이익이라는 것을 돈으로밖에 생각할 수 없을 만큼 오염되어 버린 후였으므로…….

진자강은 입술을 질끈 깨물었다.

이제, 모든 걸 이해했다.

사건의 이면에 숨어 있던 사유(事由)를 밝혀냈다.

백화절곡이 왜 갑작스레 봉변을 당하고 멸문해야 했는지.

강호에 협과 의가 사라지고 이득이 우선인 세상이 되었는지.

애초에 왕연이 심은 탐욕의 씨앗이 강호 전체에 퍼진 때문에…….

약문을 흡수하고 중원으로 진출하려던 독문이 있었고.

그 독문을 이용하려 한 백리중이 있었다.

백리중에 동조하여 이득을 보려 한 문파들이 있었고.

그 문파들을 이용하려 한 상계가 있었다.

이 모든 것이 지금까지 벌어진 혈사(血事)의 이유였다.

조금이라도 이득을 보려 한 서로의 탐욕이 빚은 대참사…….

진자강이 조용히 중얼거렸다.

"강호에 나와 제갈가의 소저를 만났을 때부터 느꼈던 괴리감이 이렇게 끝을 맺게 될 줄 몰랐군요."

"수십 년, 수백 년. 아니 사람이 세상에 존재할 때부터 사람은 누구나 이익을 위해 전쟁을 하고 살인을 하고 도둑질을 했다네. 자네가 느낀 건 딱히 새삼스러운 것도 아닐세."

"아귀왕. 당신이 쓰는 탐욕이란 독과 내가 쓰는 독은 서로 다르지 않습니다. 연못에 떨어뜨린 한 방울의 독이 연못 전체에 퍼져 살고 있던 잉어 전체를 중독시키듯, 당신이 퍼뜨린 탐욕이란 독이 사람들을 중독시키게 만들었습니다."

진자강은 팔을 들었다.

"기본적으로, 당신의 뜻에는 공감합니다. 풍족함에 대한 대가를 치러야 한다는 것도 동의합니다. 사람들이 편의를 위해 스스로의 시간을 들여 돈을 버는 것도 이해합니다. 그러나."

살기와 함께 수라경 한 줄기가 서서히 허공으로 솟아올랐다.

"탐욕이 인간성보다 앞서면 안 되는 겁니다. 자기가 잘 살자고, 이득을 보겠다고 남을 죽이는 세상을 만들면 안 되는 겁니다."

나머지 수라경들이 하늘거리며 거꾸로 치솟았다.

"강자존. 약육강식. 힘 있는 자만이 살아남는다. 만일, 무림 전부가 그렇게 생각하고 행동했다면 나는 애초에 살아남지도 못했겠지요."

진자강을 위해 희생한 외할아버지 손위학.

약왕문의 부문주 용명.

해월 진인…….

진자강은 이를 꽉 물었다.

"그러나 이런 세상에서조차 최소한의 협과 의가 있었기에 내가 오늘 이 자리까지 올 수 있었습니다."

진자강이 풀어낸 수라경이 방향을 틀어 전면을 향했다. 위협적으로 수라경의 끝이 흔들렸다.

"자, 그러니까 이제 끝입니다. 당신의 여정도, 나의 여정도."

여정의 끝.

기나긴 여로(旅路)였다.

진자강이 처음 오채오공에 물렸을 때부터, 망료에 의해 지독한 고문을 당하고 지옥 같은 갱도에서 팔 년 동안 굴을 파고…… 보이지도 않는 원수를 찾고 찾아서 헤매었다.

그리고…… 결국 여기.

감개가 무량하다.

제아무리 감정을 크게 드러내지 않는 진자강이라도 감정이 치밀어 손끝이 잘게 떨렸다.

왕연은 수라경을 앞에 두고도 그런 진자강을 보더니 웃음을 머금었다.

"여정의 끝이라고? 글쎄…… 그렇게 간단하지 않을 걸세. 나라면, 상대가 이렇게까지 친절하게 응대하고 대답해 준 이유를 한 번쯤은 더 생각해 보겠네."

"얘기 끝났습니다. 아직, 할 말이 남았습니까?"

"내가 고작 이 정도의 준비로 자네를 만나러 온 것 같나?"

왕연이 천천히 손을 들어 손가락을 튕겨 소리를 냈다.

따악!

왕연의 뒤에 있던 휘장이 걷히기 시작했다.

뒤에 가려져 있던 커다란 탁자. 거기에 차곡차곡 수많은 서류와 장부들이 쌓여 있었다. 아이들이 우르르 들어와 서류를 둘러쌌다. 일부는 진자강으로부터 서류를 보호하듯 몸으로 가로막았다.

칙 칙.

아이들 중 누군가 부싯돌을 켜고, 횃불을 붙였다. 그러곤 불이 붙은 횃불을 나눠 가졌다.

"어음."

왕연이 말했다.

"저기 쌓인 서류는 어음이야. 십대 상방은 물론이고 크고 작은 상회까지. 저 어음들의 금액을 모두 합치면 백리중 따위에게 투자한 건 발끝에도 못 미칠 만큼 굉장한 금액이 될 걸세."

왕연이 뒷짐을 지고 거드름을 피우는 듯한 태도로 말했다.

"저 중에는 내가 받아야 할 돈도 있지만, 내가 주어야 할 돈도 있다네. 내가 자네 손에 죽고 나면 아이들이 저 어음들을 불 질러 없애 버릴 게야. 그럼 어떻게 될까?"

왕연의 입가에 길고…… 포악한 미소가 떠올랐다.

"받아야 할 돈을 받지 못한 자들이 큰 손해를 보게 되겠지? 큰 상방은 버티겠지만 그 아래의 하도급 상회들은 줄줄이 파산. 그러면 거기서 일했던 선량한 이들은 품삯도 받지 못하고 쫓겨나. 하루아침에 일자리를 잃고 딸린 식구들을 먹여 살릴 수 없게 될 거라네."

왕연이 손가락을 뻗어 진자강을 가리켰다.

"너. 바로 네가 그들의 일자리를 빼앗고 그들의 노모와 처자식들을 굶게 만드는 것이야!"

진자강은 말없이 왕연을 쳐다보았다. 미간을 찌푸려 실주름이 생겼다.

수라경이 흐늘거렸다. 마치 진자강의 고뇌를 드러내듯 흐늘거리다가 아래로 처졌다. 완전히 처져서 바닥에 늘어졌다.

신이 난 왕연은 진자강에게 손가락질까지 해 대며 소리질렀다.

"그래도 상관없으면 나를 죽여 보아라! 네 복수와 상관없는 수십 만의 양민들이 배고픔 속에 죽어 가고, 곤궁을 이기지 못해 화적 떼가 되어 가겠지! 그게 다 너 때문에……!"

덥석.

진자강이 왕연의 검지를 잡았다. 엄지로 왕연의 검지 가운데 마디를 꾹 눌렀다.

뚝!

검지 중간이 바싹 마른 멸치를 비빈 것처럼 부러졌다.

"……!"

왕연의 얼굴은 벼락을 맞은 것처럼 일그러지고 턱은 더벌어질 수 없을 때까지 벌어졌다. 너무 놀라고 아파서 비명도 나오지 않았다.

진자강이 말했다.

"기껏 무슨 소리를 하나 했더니 그냥 개소리였잖습니까."

무덤덤하게 내뱉는 말에 왕연은 소름이 끼쳤다. 왕연이악에 받쳐 소리 질렀다.

"개소리? 네놈으로 인해 수십만 명이 일자리를 잃고……!"

"아까부터 당신이 저지른 짓을 왜 자꾸 내 탓이라 합니까? 그런 게 내게 협박이나 될 것 같습니까?"

진자강은 검지를 당겨서 손가락을 찢어 버렸다.

워낙 거칠게 찢어 버려서 피가 심하게 튀어 올랐다.

그제야 왕연은 비명을 질렀다. 그가 아무리 거상이래도 고통과는 거리가 먼 일반인이다. 뜯겨 나간 손가락이 너무 아파서 얼굴과 등은 벌써 땀으로 흠뻑 젖었다.

"으아아아악! 으아악!"

왕연이 제자리에 무릎을 꿇고 웅크려 찢어진 손가락을 잡고선 소리를 질러 댔다.

"이 새끼! 건방진 새끼! 감히 나를……, 내 손가락을……!"

왕연은 발광하듯 소리쳤다.

"불붙여!"

뒤에서 아이들이 움찔했다.

진자강이 아이들을 노려보았다. 아이들은 횃불을 어음들에 가져다 대고, 진자강을 향해 이를 드러냈다.

왕연이 악에 받쳐 소리 질렀다.

"막고 싶으면 저 애들을 다 죽여야 할 거다! 협객인 척 의인인 척 거들먹거리다가 수십의 애들을 죽이고 인귀(人鬼)가 되어 나락으로나 떨어져라!"

왕연은 낄낄대면서 웃고 싶었지만 그러기에는 손가락이 너무 아팠다.

진자강은 아이들을 노려보았다. 그러곤 나지막하게 명령했다.

"그대로 있어."

진자강의 서늘한 목소리에 아이들은 온몸이 얼어붙었다.

그것은 왕연이 미처 생각하지 못한 부분이었다.

진자강은 이미 무인이 아니라 지배자로서의 위엄을 갖추고 있었다. 단순한 살기뿐 아니라 절정의 위압감을 가졌다.

왕연이나 되니까 진자강의 살기와 위압감을 견뎌 낸 것이지, 한낱 기초 무술이나 배우는 일반 아이들이 어떻게 진자강의 위압감을 견뎌 내겠는가!

아이들의 동공이 멍하게 열렸다. 이 넓은 대청에서 진자강의 눈만 보였다. 진자강의 눈이 점점 커져서 아이들을 짓누르고 있었다. 대여섯 살도 안 된 몇몇 아이들은 꼼짝도 못하고 자리에서 오줌을 지렸다. 조금 큰 아이들도 오금이 저려서 주저앉았다. 횃불만 겨우 놓치지 않고 붙들 뿐이었다.

이상함을 느낀 왕연은 아이들을 돌아보았다가 소리를 질렀다.

"내가 네놈들에게 어떻게 해 주었는데! 감히 나를 배신하느냐! 고아로 곧 굶어 뒈질 것들을 데려와 잘 먹이고 입히고 가르쳤거늘 내 말을 어겨? 어서 불을 질러!"

아이들은 이러지도 저러지도 못했다. 움직이고 싶어도 움직일 수가 없는 것이다.

진자강이 위압의 기운을 풀어 주었다.

아이들은 그사이에 불을 지르려 했다.

그때 진자강이 말했다.

"일각 주겠다."

흠칫.

아이들이 진자강을 쳐다보았다.

"너희들이 불을 지르지 않아도 여기는 일각 안에 잿더미가 될 거다. 짐을 꾸려서 장원을 떠날 수 있는 기회는 지금뿐이다."

아이들은 진자강의 말을 이해하지 못했다. 진자강이 말을 이었다.

"그 자리에서 불을 지르다가 미처 달아나지 못하고 죽어도 된다. 그건 너희 선택이야."

그제야 아이들도 진자강의 말을 알아들었다. 진자강과 안면이 있는 랑아가 떨면서 말했다.

"나, 나는 죽고 싶지 않아요. 나는…… 자립할 돈도 다 모았고…… ."

"그래. 하고 싶은 일들이 있고 지금껏 그 꿈을 위해 노력해 왔는데, 눈앞에서 이루지 못할까 봐 무서운 거겠지."

진자강의 말에 랑아가 고개를 끄덕였다. 다른 아이들도 마찬가지였다.

진자강이 양팔을 들어 올렸다. 수라경이 치솟았다.

아이들의 눈이 공포로 물들었다.

"뼈에 새겨라."

진자강은 양팔을 힘껏 휘저었다. 수라경이 빛살처럼 아이들에게로 날아갔다.

그저 먹고사는 게 전부인 삶이라면 그 삶이 짐승과 다를 바가 무엇이겠느냐!

"아악!"

"아아악!"

아이들이 비명을 질렀다. 수라경은 아이들의 오른손 손등을 정확히 꿰뚫었다가 빠져나왔다. 아이들이 들고 있던 횃불들이 떠올랐다. 수라경은 횃불들을 모조리 사방으로 쳐 냈다. 탁자 위로는 하나도 떨어지지 않았다.

대신 대청의 곳곳에 날아간 횃불에 의해 불이 붙었다. 아이들은 피가 흐르는 손등을 잡고 울음을 터뜨렸다.

진자강이 살기 어린 어조로 말했다.

"잘 들어. 너희들의 체취와 얼굴, 눈빛, 손등의 상처까지 모두 기억했다. 너희들이 성인이 된 후에도 사람이 아닌 짐승으로 남아 있다면, 반드시 나를 만나게 될 거다."

진자강은 손을 뻗어 출구를 가리켰다.

아이들이 앞다투어 달려 나갔다.

"어딜 가느냐! 이놈들! 이놈드으을!"

왕연이 피를 토하듯 소리 질렀지만 아이들은 한번 돌아보지도 않고 달아났다.

진자강이 스쳐 가는 아이들을 향해 중얼거리듯 말했다.

"죽음을 두려워해라. 두려우면 두려울수록, 너희는 삶의 소중함을 알게 될 거야. 그게 바로 너희 삶의 가치다."

왕연은 악에 받쳐서 몸을 일으켰다. 어음이 있는 곳으로 뛰려 했다. 그러나 이미 진자강이 그 앞을 막고 있었다.

진자강이 말했다.

"기회를 주겠습니다."

왕연이 어리둥절해서 이를 갈며 진자강을 노려보았다.

"이제 와서 기회…… 를 준다고?"

진자강이 다과상에 있던 찻잔을 집어 차를 따랐다. 그러곤 협탁 위에 올려놓았다.

"한 모금이라도 마실 수 있는 용기가 있다면 당신을 용서하겠습니다."

독이 든 차일까, 아닐까.

하지만 어차피 왕연으로서는 진자강의 손에서 살아남을 수 있는 방법이 없었다. 고문을 당하느니 독이 든 차를 마시고 죽어 버리는 게 나을 수 있다. 아니면 정말로 살려 줄지도 모르는 일이다.

게다가 저 어음들을 처리하지 못하면 중원의 경제는 말 그대로 작살이 날 테니까! 말은 그까짓 게 협박이 되네 안 되네 해도 아이들이 불을 붙이지 못하게 한 걸 보면, 역시나 마음에 걸리는 것이다!

게다가 진자강은 허리를 굽혀 바닥에 떨어져 있던 전표 한 장을 주워 들고 있는 것이었다.

왕연은 진자강의 마음이 바뀔까 봐 얼른 찻잔을 잡아 들었다.

그러나 찻잔은 딸려 오지 않았다. 찻잔의 윗부분만 잡혀서 딸려 왔다. 찻잔의 윗동이 잘려서 아랫부분은 찻물을 찰랑대며 협탁 위에 그대로 있었다.

왕연이 어이가 없어 진자강을 쳐다보았다. 진자강이 전표를 빳빳하게 세워 들고 있었다.

설마 종이로 만든 전표로 찻잔을 가로로 잘라 낸 것인가?

"한 모금."

진자강의 말에 왕연은 이를 갈면서 다시 찻잔을 잡았다.

싹.

이번에도 찻잔은 들려오지 않았다. 팔은 들었으나 손목이 협탁에서 찻잔을 잡은 채 고스란히 붙어 있었다.

"으, 으아아아아!"

비명을 지르는 왕연에게 진자강이 말했다.

"한 모금이 아니라 한 방울. 한 방울이라도 마시면 살려 드리겠습니다."

왕연은 얼굴이 벌게져선 눈가에 핏발까지 돋았다. 그러나 아랫입술을 꽉 깨물고 버텼다.

모순적이게도······.

몸이 아프고 비명을 지르는데도, 삶에 대한 욕구가 아까보다도 더욱 강해지고 있었다.

"죽일 테면 죽여라!"

이판사판이다. 왕연은 손목이 잘린 채 아예 몸으로 협탁을 덮었다.

와장창!

일부러 협탁을 밀어서 찻잔을 떨어뜨렸다.

한 방울, 한 방울이면 된다.

바닥에 떨어진 찻잔이 깨지면서 찻물이 흥건하게 고였다. 왕연은 바닥에 엎어져 무릎을 꿇고 혀를 내밀어 차를 핥았다.

싹.

진자강이 휘두른 전표에 왕연의 혀가 날아갔다.

이제는 찻물을 핥을 수 있는 혓바닥도 남지 않았다.

왕연은 어이가 없어서 상체를 일으키곤 무릎을 꿇은 채 진자강을 멍하게 올려다보았다.

울컥 울컥. 피가 계속해서 입에 들어찼다.

진자강이 냉담하게 왕연을 바라보며 말했다.

"혹시 이 여정이 끝난 뒤에 벌어질 일들이 궁금하다면, 너무 염려하지 마십시오."

진자강이 전표를 들어 올렸다. 손에 든 건 전표였지만 이제 왕연은 그게 더는 전표로 보이지 않았다.

"복수를 위한 내 개인의 여정은 끝났습니다만 아직 누군가가 맡긴 짐이 남아 있습니다. 지금부터는 그 일을 하러 갈 겁니다. 그건 아마 당신은 이해하지 못할 일이겠지요."

진자강이 싸늘한 목소리로 읊조렸다.

"당신을 위한 명복(冥福)은 없습니다. 지옥에서 봅시다."

왕연은 잘린 혀로 힘들게, 겨우겨우 말을 내뱉었다.

"개…… 새끼……."

싹!

전표가 날카로운 빛을 띠고 왕연의 목을 지나갔다.

왕연의 눈에 퍼덕대는 자신의 몸뚱어리가 보였다.

세상에는 적으로 삼으면 안 되는 자들이 있다. 그런데 그런 자를 적으로 삼고 말았다.

진자강이 바로 그런 자다.

진자강을 적으로 삼은 것이 왕연의 실수다.

왕연의 눈에서 마지막 생명의 빛이 꺼졌다.

그가 생의 마지막에 본 것은 진자강이 어음을 챙기는 광경이었다.

화르르르.

불길이 타오르며 대청을 완전히 휩쌌다.

진자강은 영귀와 함께 모든 어음과 장부를 챙겨 떠났다.

*   *   *

백리가에서 개최한 무림대회는 연일 성황을 이루었다.

독룡이 찾아온다는 말에 한때 무림대회가 위축되는가 싶기도 하였으나, 백리중이 제시한 당근을 도저히 무시할 수 없었다. 대회에 참가는 하지 않을지라도 인편으로 적당한 예물을 보내와 차후 설립될 무림총연맹에 한 발을 걸쳐 놓으려는 이들도 많았다.

근 천 명 가까이 모인 무림대회는 최초의 계획보다 길어져 다시 사흘이나 연장되었다.

그것은 서열을 정리하기 위한 비무가 그만큼 치열하게 벌어졌다는 뜻이기도 했다. 비무가 격렬해지다가 미처 손을 거두지 못하여 다치는 이들도 속출했다.

준비한 다섯 군데의 비무대로도 모자라 다섯 개의 비무대가 더 마련되었다. 무림인들은 오랜만에 활기를 되찾았다. 쉬지 않고 싸우고 피를 흘려 댄 덕에 비무대에는 온통 핏자국이 남았다.

곳곳에서 벌어지는 비무를 지켜보던 몇몇이 대화를 나누었다.

"역시나 무인이란 싸움에서 존재를 찾아야 하는가 싶소. 다들 활기에 차 있는 모습이 보기 좋구려."

"싸움이야말로 강호에서 사는 자들에겐 생존의 증명이고, 상대를 누르고 위에 섰을 때 느끼는 희열이야말로 그 어떤 쾌락보다 중독적인 것이오."

다소 비관적인 이도 있었다.

"그렇게 보입디까? 내 눈에는 삼십 년, 미래의 먹거리를 두고 아귀다툼을 하는 것처럼 보입니다만."

"부와 명예는 성공에 절로 따라오는 것이오. 아니, 그런 말씀을 하실 것이면 귀하는 애초에 이 자리에 오지도 말았어야 하는 것 아니오?"

"오해가 있으시구려. 내가 언제 싫다고 하였소? 남들보다 뒤처져서야 이 험난한 강호에서 어떻게 살아남겠소이까."

온갖 문파와 가문에서 모인지라 대화의 물꼬가 트면 여기저기에서 끼어들어 토론의 장이 열렸다.

그런데 그때 모든 비무가 멈추고 무인들이 가운데의 가장 큰 비무대로 몰리기 시작했다.

　"금강천검이 나오는가 보오."

　백리중이 비무대에 올라 사방으로 포권하며 검을 들고 기다렸다. 서열을 정하는 다른 이들의 비무와 달리 도전을 받는 중이다.

　비무대를 둘러싼 무인들이 말했다.

　"벌써 엿새가 되었는데, 하루도 진 적이 없구려. 금강천검의 무공이 범상치 않소이다."

　"무당파와 화산파가 첫날에 패배했고, 이후로도 삼십여 차례나 도전을 받았는데 한 번도 지지 않았소."

　"특히나 무당파 장문인 옥로선인(玉露仙人)과의 비무가 가장 인상적이었지."

　옥로선인은 삼도 중의 한 명으로서 차기 무림맹주의 후보로도 거론될 만큼 검공이 뛰어난 고수였다. 그러나 해월진인의 사건 때문인지 강호에 한참이나 모습을 드러내지 않았다.

　그러다가 돌연 백리가를 찾은 것이다.

　옥로선인이 백리중을 누르고 무림맹주가 될 수도 있는 노릇이었기에 모든 이들이 숨을 죽이고 비무를 지켜보았다.

　하지만 사람들의 예상과 실제는 전혀 달랐다. 백리중은

옥로선인과 삼십 초를 겨루며 단 한 번의 반격도 허용하지 않고 시종일관 옥로선인을 몰아붙였다. 옥로선인은 쩔쩔매면서 비무대 끝까지 몰렸다가 스스로 패배를 선언하고 말았다.

다들 끄덕이며 한마디씩 했다.

"압도적이었지."

"예전의 금강천검이 아닌 듯 보였소. 설사 전 맹주가 살아 돌아왔어도 삼도 중의 한 명이 손 한번 쓰지 못하고 옴짝달싹 못 하게 만들지는 못했을 거요."

"맞소. 금강천검의 신위(神威)가 어마어마하더구려. 독룡에게 패한 적도 있다더니, 오늘까지의 무위를 보면 더 이상 독룡에게 질 것 같지 않소이다."

"아니, 이미 독룡을 넘어선 것 같지 않소? 제아무리 독룡이라 하더라도 최고 고수들과 연전하며 단 한 번도 부상을 입지 않을 정도는 아닐 것이오."

백리중은 비무가 벌어지는 엿새 동안 매일 도전을 받았고 한 번도 패하지 않았다. 조금의 상처도 입지 않았다.

이 짧은 사이에 어떻게 그리 강해졌는가.

안 좋은 소문이 있기도 했으나, 백리중의 호협한 모습과 정광이 어린 눈빛을 보면 그렇게 생각하기도 어려웠다.

오늘이 엿새째.

내일이 무림대회의 마지막 날이다.

이쯤 되니 백리중에게 도전하는 이도 나오지 않았다. 지금까지 손에 꼽는 거대 문파와 세가의 고수들을 모조리 꺾었으니 이대로라면 내일 무림맹주의 자리에 오르게 될 터였다.

"명실공히 금강천검이 강호의 제일인자임이 증명된 순간이구려."

"나이도 많지 않으니 아마 오랫동안 금강천검의 시대가 될 것 같소."

이미 백리중이 무림맹주가 되는 것은 기정사실이나 다름없는 일이었다. 벌써 사람들의 관심은 무림맹주가 된 이후에 쏠려 있었다.

"궁금하구려. 무림총연맹이 재건되면 아마 제일 먼저 사천을 치겠지?"

"아미파는 참가했고 청성과 당가는 불참했으니 그 둘은 무조건 날아가게 될 거요. 하면…… 사천이 가진 막대한 이권이 새로 생겨나는 건가?"

탐욕.

말을 하는 이들의 눈에 탐욕의 빛이 어렸다. 사천이 가지고 있던 막대한 사업권이 무림총연맹으로 넘어온다면……
얼마나 떨어질 떡고물이 많을 것인가.

"죽을힘을 다해야겠군."

누군가의 말이 전염이라도 된 것처럼 다른 이들의 고개 까지 끄덕이게 만들었다.

그사이 비무대에서는 상대를 기다리던 백리중이 검을 접고 포권하며 내려가고 있었다.

* * *

백리중은 흐뭇해하며 술잔을 기울였다.

역시나 진자강은 오지 않았다.

그리고 무림대회 초반부터 압도적인 무력을 보여 준 것이 주효했다. 그전까지 불평불만을 늘어놓던 자들도 옥로선인이 무기력하게 패한 이후로는 조용해졌다. 딱히 방해하는 작자들도 없었고 내일이면 무림대회도 순조롭게 끝날 터였다. 이제 남은 건 권좌(權座)에 오르는 것뿐.

백리중은 양팔을 들고 권좌에 앉는 상상을 했다.

강호를 지배하는 자.

수십만 강호인들의 생사를 마음대로 결정할 수 있는 자.

절대 권력과 황금을 동시에 손에 쥔 자.

"그게 나인 거지."

웃음이 나왔다.

백리중은 껄껄대고 웃었다.

그런데…….

군사 문수가 하얗게 질린 안색으로 백리중의 방에 들어왔다.

안색에서부터 좋지 않은 일임을 직감했다. 그러나 지금 백리중에게 불편을 끼칠 수 있는 게 무엇이 있단 말인가.

"자네 표정이 왜 그런가. 독룡이라도 왔는가?"

백리중은 차라리 지금 진자강이 왔으면 좋겠다고 생각하기까지 했다. 보란 듯 진자강을 찍어 누르고 자신을 경배하도록 만들고 싶기까지 했다.

하나 겁살마신의 경고는 없었다. 진자강은 오지 않는다.

놈도 이제 알 것이다. 자신이 예전과는 다름을.

함부로 자신을 상대할 수 없음을 안다.

"어서 말해 보게. 내가 자네를 얼마나 총애하는지 알잖나? 자네가 그리 힘든 표정을 하고 있으니, 내 마음이 다 아프군."

문수가 읍을 하여 허리를 숙인 채 떨리는 목소리로 말했다.

"왕 대인께서 불귀(不歸)의 길을 떠나셨습니다."

아귀왕이 죽었다…….

아귀왕이 죽었다!

쨍강!

백리중은 술잔을 던져 버리고 눈을 크게 치켜떴다.

"재산은!"

"……예?"

문수는 눈물을 글썽대고 있다가 백리중의 말에 멍해져서 고개를 들었다.

"돈 말이야, 돈!"

멍해져 있던 문수의 얼굴이 백리중의 표정을 보곤 점점 변했다. 세상에서 가장 더러운 것을 보듯 경멸스러운 눈빛을 했다.

백리중이 웃고 있었다. 아주 환한 얼굴로. 입꼬리가 귀까지 걸려서.

문수는 붉게 충혈된 눈을 치켜뜨고 백리중을 노려보았다. 화를 감추지 못하여 얼굴이 새빨갛게 물들었다.

백리중은 문수의 뺨을 양손으로 덥석 잡고 들어 올렸다. 문수의 발이 대롱거렸다.

백리중이 엄지로 문수의 눈 아래를 눌렀다.

눈이 튀어나오기 시작했다.

문수의 입에서 신음이 흘러나왔다.

"끄으으으윽! 끅……."

아까보다 한결 낮아진 서늘한 목소리로 백리중이 물었다.

"재산은? 왕 대인의 사업은?"

문수가 고통에 피눈물을 흘리며 대답했다.

"독룡이…… 모든 장부와 어음을 들고…… 끅…… 달아
나서……."

순간 백리중의 얼굴에 분노가 차올랐다.

퍽! 퍽!

문수가 두 눈을 잡고 바닥을 뒹굴었다.

"으아아아아악!"

백리중이 씹듯이 말을 내뱉었다.

"거봐. 내가 뭐라고 했나. 독룡을 조심하라고 했지? 늦
기 전에 결단을 내리라고. 진작 내게 보호를 요청했으면,
그깟 몇 푼 손에 쥐고 놓지 않으려다가 돼지는 일은 없었겠
지."

문수가 비명을 지르면서 소리쳤다.

"당신은…… 당신이란 사람은……!"

백리중의 목소리가 갈라져서 기이한 쉰 목소리를 냈다.

"네놈을 눈만 터뜨린 건, 눈이 굳이 필요 없기 때문이다.
그러니 네놈의 가벼운 혀 때문에 머리가 필요 없어지게 되
는 일이 없도록 해라."

짐승이 으르렁대는 듯한 기이한 목소리에 문수는 얼어붙어서 신음만 끅끅 삼켜야 했다.

백리중은 아까와 달리 매우 안절부절못하게 되었다.

중얼중얼하면서 방 안을 계속 오갔다. 그러다가 의자에 털썩 주저앉았다.

심하게 허기가 져서 현기증까지 났다.

숨이 가빠져서 호흡이 턱까지 차올랐다.

헉헉. 쓰읍 허어 쓰읍 허.

아귀왕이 가지고 있던 그 많은 돈들이 자신이 아닌 진자강의 손에 들어갔다고 생각하니 참을 수가 없었다.

허기를 완전히 극복한 줄 알았는데, 그러지 못했던가?

아아, 백리중은 깨달았다.

이 허기는 진자강이 가져간 자신의 돈을 되찾아야만 치유될 것이다.

탐욕의 끝이라는 게 어디 있는지 몰라도, 이 허기는 그 끝에 이르러야만 겨우 진정되는 것이다.

"어떻게…… 어떻게 하지?"

당장이라도 진자강이 한 푼이라도 자신의 돈을 쓸까 봐 안달이 났다.

내 돈을 쓰지 못하게 해야 한다.

피 같은 내 돈을…….

백리중은 고통에 몸부림치는 문수를 강제로 일으켜서 자신의 계획을 말했다.

백리중의 말을 들은 문수는 횡한 눈으로 피눈물을 흘리며 울었다.

"당신은…… 미쳤습니다……. 미쳤어! 미쳤다고!"

퍽!

백리중은 더 이상 문수의 말을 듣지 않았다. 들을 수 없어서가 아니라, 들을 필요가 없어서였다.

*　　　*　　　*

무림대회의 마지막 날.

백리중은 계획에 없던 성대한 연회의 자리를 마련했다.

무림맹주에 올라 마련한 자리도 아니고 갑자기 마련된 자리라 다들 어리둥절해했다. 그러나 급하게 마련된 자리치고는 잘 차려진 산해진미와 평소 맛보기 힘든 고급술을 외면할 수는 없었다.

무림인들은 신나게 먹고 마시며 마지막 날을 즐겼다.

한참 먹고 마시던 중에 과음을 하였는지 갑자기 구역질을 하는 이들이 생겨났다. 구토를 하며 쓰러지는 이들도 있었다.

모두 한가락 하는 고수들인데 괜히 술병이 날 리 없다.
누군가 내공을 끌어 올려 보더니 소리쳤다.

"독이다!"

누군가는 복통을 호소하고 누군가는 피를 토했다. 누군
가는 산공독으로 내공이 흩어졌다고 외쳤다. 전부 같은 독
이 아니라 모두가 다른 독에 당해 각각의 증세를 나타냈다.

그 순간, 백리가의 장원 문을 열고 얼굴에 복면을 한 시
커먼 복장의 젊은 남자가 들어왔다.

무림인들이 피를 토하며 소리쳤다.

"독룡…… 독룡이 나타났다!"

第二章

대살성(大殺星)

　진자강이 영귀와 함께 당가대원으로 돌아왔을 때.

　당가의 모든 사람들이 밖으로 나와 있었다.

　일가의 식솔들은 물론이고 가신 가문의 무인들, 식객으로 온 이들, 하인과 시비까지 모두.

　당하란이 독천을 안고 가장 앞으로 나왔다. 뒤에서는 백원이 좋아서 껑충껑충 뛰어왔다.

　진자강은 짊어지고 온 짐을 내려놓고 당하란과 독천에게 가까이 갔다. 독천이 울음을 터뜨렸다. 당하란이 독천을 진자강에게 안겼다. 독천은 진자강의 몸에서 나는 냄새를 맡고는 거짓말처럼 울음을 그쳤다. 고사리 같은 손으로 진자강의 가슴 앞섶을 잡고 입으로 쪽쪽 빨았다.

당하란이 와서 진자강의 목에 코를 대고 냄새를 맡았다.

"피비린내……."

깨끗이 씻고 옷도 구해 입었지만 진하게 밴 피비린내는 쉽게 사라지지 않았다.

당하란이 진자강을 올려다보았다. 당하란의 눈에 작은 눈물방울이 맺혀 있었다.

"이 말이 어울릴지 모르겠지만, 축하해."

마침내 진자강은 복수를 이루었다.

백화절곡의 멸문, 그 진정한 상대에 대한 복수를.

진자강이 당하란을 독천과 함께 안았다.

백원이 진자강의 등을 타고 어깨로 올라와 앉고는 기쁜 표정으로 길게 울었다.

끼우우우우—

당하란은 진자강의 품에서 중얼거렸다.

"하지만 당신의 몸에 밴 피비린내는 당분간 지워지지 않겠지……."

그 광경을 염왕 당청이 당가대원이 내려다보이는 언덕에서 지켜보고 있었다.

당청의 코가 괜스레 빨개졌다. 당청은 헛기침을 하곤 조그맣게 중얼거렸다.

"수고했다."

* * *

아귀왕이 죽었다.

강호를 숱한 혼란에 빠뜨리던 최대의 흑막이 사라졌다.

하나 흑막은 말 그대로 뒤에 가려져 있던 일인 만큼, 그가 사라진다고 해서 모두가 체감할 수 있는 건 아니었다. 아마 대다수는 아귀왕이 죽었다고 해도 '그래서?' 하고 반문이나 할 터였다.

그렇지만 관련자들에게는 와 닿는 것이 전혀 다르다.

진자강이 가져온 어음과 장부.

중원의 십대 상방은 물론이거니와 거상, 대상, 소상인들을 아우르는 막대한 양의 미지불 어음과 거래 기록들이 진자강의 손에 들려 있는 것이다.

탁자 위에 잔뜩 쌓인 어음과 장부를 보며 당가의 장로들은 아무 말도 하지 못하였다.

진자강이 가져온 어음에는 남표(男票)와 여표(女票)가 있다. 남표는 받을 수 있는 돈이고 여표는 주어야 하는 돈이다.

한 장로가 당황하여 물었다.

"이걸…… 왜 가져온 거요?"

이유를 몰라서 물어본 게 아니다.

이 어음과 장부들이 통째로 사라지면 중원에서 돈의 유통이 막힌다. 지금의 강호에는 탐욕에 눈이 먼 자들이 드글드글했다. 받아야 할 돈을 받지 못한 자들과 눈먼 돈을 차지하기 위한 자들이 각축을 벌일 터였다.

지금과는 비교할 수도 없을 만큼의 혼란이 중원에 찾아올 것이다. 그러니 알고도 내버려 둘 수는 없는 노릇이었다.

하지만 어음을 가져왔다고 해서 일이 해결되는 건 아니다. 가져왔다면 답도 있어야 한다.

"당장에 기일이 다가온 지급 어음들이 꽤 있소. 물론 받아 낼 수 있는 것도 있긴 한데……."

어음의 존재를 내보이는 순간 진자강은 사람을 죽이고 어음을 강탈해 온 도적이 된다. 명백한 도둑질이다. 그리고 누군가 그것을 따지고 들면 어떤 식으로든 진자강은 피해 갈 길이 없다.

장로 중 한 명이 말했다.

"어차피 일이 이리되었으니, 눈 딱 감고 여표를 없애 버립시다."

다른 장로들이 쓴 미소를 지었다. 여표를 무시하고 무력을 써서 받을 돈만 받아 낼 수 있다면, 당가대원은 한순간에 중원 최고의 거부가 된다.

그러면 당가대원은 마찬가지로 강도나 다름이 없다. 또 그로 인해 민간의 양민들이 고스란히 피해를 받게 될 텐데, 그것은 어찌 감당한단 말인가.

말한 이의 마음은 이해해도 당가로서는 할 수가 없는 일이고, 지금 있는 어음들만 잘 해결해도 엄청난 수익이 남으므로 그렇게 할 필요도 없다.

"만약 우리가 이 어음을 처리하고자 한다면 어떤 식으로든 방안을 강구해야 하외다. 도적 소리를 듣든 뭘 듣든, 강호의 혼란을 막고 싶다면 이 어음을 적극적으로 해결해야만 하오."

다른 이가 물었다.

"하지만 당장에 기일이 다가온 돈을 먼저 내어 달라고 하면 우리는 줄 돈이 없습니다. 그건 어떻게 합니까?"

다들 골머리가 썩었다. 가뜩이나 당가의 재정이 밑바닥인 상황이었다. 돈에 종속되면 안 된다는 건 누구나 안다. 그러나 현실적으로 돈이 없으면 살아가기 어렵다. 문파를 지탱하는 것조차 쉽지가 않다.

저것들을 도대체 어떻게 처리해야 할지 답이 나오지 않았다.

그때 진자강이 입을 열었다.

"제가 가져가겠습니다."

장로들의 시선이 절로 진자강을 향했다.

"제가 한 일입니다. 어음을 가져온 것도 저이니, 제가 처리하겠습니다."

장로들이 만류했다.

"본가에 해를 끼치고 싶지 않은 마음이야 이해하지만……."

진자강 혼자 해결할 수 있는 일이 아니다.

하나 진자강은 스스로 하겠다는 의지를 내비쳤다.

"당가에서 일을 해결한다면 내가 아니라 당가가 표적이 될 수 있습니다. 그러면 제가 아니라 애꿎은 이들이 피해를 보게 될 겁니다."

혼자서 감당하고 혼자서 감당하는 것.

진자강은 그것이 익숙하다. 그게 당연하다고 생각해 왔다.

그런데 놀랍게도, 당가의 장로들이 모두 반대했다.

"그건 독룡 자네가 혼자일 때의 방식일세."

"자네가 우리 가문의 사람인 이상, 당씨 가문과 어떻게 떼어 놓고 생각할 수 있겠는가."

"당가를 위해 얼마나 많은 일을 해 왔는데 책임까지 혼자 지려고. 그러면 우리가 면목이 없지."

"이젠 스스로 모든 걸 떠맡지 않아도 되네."

오히려 진자강이 어안이 벙벙해질 정도였다. 진자강은 당하란을 쳐다보았다.

장로들의 입장이 이렇게 바뀐 것에는 그간 당가를 관리해 온 당하란의 영향이 큰 것이다.

당하란이 미소를 머금었다.

"장로님들의 말씀이 맞아. 당신은 내 남편이자 우리 가문의 사람이야. 아귀왕을 잡으러 갈 땐 놓쳤지만, 앞으로는 혼자 모든 짐을 떠안도록 내버려 두지 않아."

진자강은 잠시 생각하다가 고개를 저었다.

선을 그었다.

"아니. 혼자 할 수 있는 일에 가문을 끌어들이면 안 됩니다. 나 개인이 도적 취급을 받는 건 상관없지만 가문은 명분이 있어야 합니다. 잊었습니까, 도강언의 일을."

당가에서 독이 든 소금을 어떻게든 회수하려 전전긍긍하고 있을 때, 백리중은 민간에 그 소금을 풀겠다고 하여 당가를 궁지로 몰아넣은 적이 있었다.

그때의 명분이 민간의 구휼이었다.

이번에도 마찬가지다. 백리중이 상계를 위해 진자강이 '강탈' 해 간 어음을 되찾겠다고 나서면, 대의명분은 다시금 백리중의 편에 서게 된다.

"그러니, 내가 해야 합니다."

"안 된다니까. 그건 이제 우리 당가의 것이야."

진자강의 표정이 알쏭달쏭해졌다. 당하란이 웃는 표정을 보면 딱히 어음에 욕심이 있어서인 것처럼 보이지도 않는다.

당하란이 진자강을 놀리는 투로, 하지만 진지하게 말했다.

"당신이야말로 잊었어? 집문서 달래서 가져갔었잖아."

"……"

"가문에서 투자한 거니까 당연히 그건 우리 가문의 것이지."

"잠시 빌린 거잖습니까."

"세상에 집문서를 공짜로 빌려주는 사람이 어디 있어. 가까운 부부 사이일수록 지킬 건 지켜야지."

천하의 진자강도 할 말을 잃었다.

장로들이 피식대며 웃었다. 세상에서 진자강을 저렇게 궁지로 몰 수 있는 사람이 몇이나 있을까.

그러나 그때.

갑자기 전령이 급히 뛰어 들어오며 보고했다.

"큰일 났습니다!"

전령은 얼마나 화급하였는지 얼굴이 완전히 새하얗게 질렸고 입술까지 바싹 말라 있었다.

장로 한 명이 일렀다.

"보고해라."

"독룡이……."

전령은 마른침을 삼키며 진자강을 쳐다보았다.

"독룡이 백리가의 장원을 습격해 무림대회에 참여한 무인들을 몰살시켰다고 합니다."

"무엇이?"

"연회 중에 독살되고 몸이 갈가리 찢겨 죽어 천 명 중에 산 자가 백 명이 채 되지 않는다고 합니다."

전령이 왜 진자강을 쳐다보았는지 알 것 같았다. 장로들도 절로 독룡을 쳐다볼 수밖에 없었다.

도대체 그게 무슨 소리인가.

"……독룡은 여기 있는데?"

*　　　*　　　*

독룡이 백리가의 무림대회에서 대학살을 일으켰다.

백리가의 장원은 폐쇄되었다.

독룡이 사용한 독이 퍼져서 백리가의 장원은 사람이 살 수 없는 곳이 되어 버렸다.

무림대회에 참가했던 문파에서 다급히 사람을 보냈으나 장원을 들어갈 수 없으니 시신도 제대로 수습하지 못하였다.

강호 전체가 비통과 충격에 휩싸였다.

그 자리에 모인 건 일반 무인도 아니고 각 문파의 일인자들이었다. 그런데 그중 구 할이 죽었다…….

강호 무림에 크나큰 피해가 온 것이다.

무림대회에 참가한다고 하더니 이런 식으로 참가할 줄 누가 알았겠는가.

대살성. 지독한 대살성이 나타났다. 문파의 일인자들이 모두 죽었으니 이제 독룡은 어떻게 막아야 하는지 앞날이 암담해졌다.

무림의 심각한 위기였다.

진자강의 손에서 강호의 미래를 장담할 수 없게 되었다.

그러나 그 와중에도 한 줄기 희망이 되는 소문이 돌았다. 독룡이 백리중과 싸우다가 크게 상처를 입고 달아났다는 것이다.

지금에 유일하게 독룡을 싸워 이길 수 있는 자가 있다는 것.

그 사실이 강호의 유일한 해결책이자 위안이었다.

*   *   *

전대미문의 사건으로 말미암아 백리가는 살아온 터전을 잃었다.

백리가는 남창의 무림총연맹 본단으로 모든 터전을 옮기기로 했다. 어쩌면 더 잘된 일일 수도 있었다.

백리중은 백리가가 임시로 사용하던 장원에서 마지막까지 틀어박혀 모습을 드러내지 않았다.

백리가의 이사가 거의 끝나갈 무렵.

백리중이 임시 처소에서 문을 열고 밖으로 나왔다.

끼이익.

그가 문을 열었을 때 돌연 심한 비린내가 퍼졌다.

밖에서는 십여 명이 넘는 이들이 줄지어 서서 백리중을 기다리고 있다가, 갑자기 풍겨 온 비린내에 흠칫했다. 그러나 이내 표정을 감추고 양손을 감싸며 허리를 굽혀 읍을 했다.

"무림맹주를 뵙습니다."

백리중은 그들을 보고 조용히 미소 지었다. 그러곤 매우 호걸다운 당당한 풍모로 포권하며 그들을 맞이했다.

"어서 오시오."

백리중을 맞이한 이들은 하나같이 최상품의 비단과 장신구로 몸을 둘둘 감고 있었다.

십대 상방과 그에 버금가는 거상의 주인들.

그들이 백리중을 찾아온 것이다.

백리중이 그들을 보며 말했다.

"형편이 여의치 않아 손님 대접을 제대로 하지 못하는 점, 양해해 주시오."

상인들이 다시 허리를 굽혀 읍했다.

"천만의 말씀입니다."

그러곤 간절한 목소리로 청했다.

"도와주십시오, 맹주."

"피땀 흘려 번 돈이 한순간에 악적의 손에 들어가 저희는 어찌할 바를 모르고 있습니다."

백리중이 고개를 끄덕였다.

"귀한 분들이 예까지 찾아온 이유를 내 어찌 모르리까. 걱정 마시오. 본인, 반드시 여러분들의 재산을 찾아 드리겠소. 사람을 함부로 죽이고 남의 재산을 약탈하는 자가 올바르게 살아가는 자들을 핍박하지 못하는 세상. 그것이야말로 내가 바라는 세상이라오."

백리중이 흐뭇한 미소를 지었다.

"그러나 그것은 나 혼자만의 힘으로 가능한 일은 아니오. 자, 간단히 술상을 봐 오라 이를 터이니 후원으로 갑시다. 새로운 세상을 위해 여러분들이 내게 해 줄 수 있는 일이 무엇이 있는지 알아봅시다."

＊　　　＊　　　＊

천 명.

분란 이후 남아 있던 문파들의 제일 고수 천 명 중 구 할이 한순간에 한 줌 핏물로 사라졌다.

민간의 이들조차 삼삼오오 모이면 이번 일을 언급하며 두려움에 떨었다.

대살성 독룡.

오죽하면 독룡의 별호가 죽음과 동급의 의미로 쓰일 정도였다.

피해를 입은 문파들은 분노했다. 제일 고수라는 커다란 전력을 잃은 허탈감은 이루 말할 수 없는 것이었다.

당장이라도 복수를 하고 싶었으나, 제일 고수 천 명이 모였어도 당해 내지 못한 독룡을 자신들의 힘만으로는 어찌할 수 없었다. 당장에 독룡을 욕하다가 독룡이 오면 꼼짝 못 하고 죽어야만 하는 상황이 되고 만 것이다.

누군가 나서 줘야 했다.

살아남은 자들의 증언에 의하면 백리중은 이미 무림대회에서 무패로 승승장구하여 무림맹주의 자격이 충분했다고 하였다. 백리중을 주축으로 무림총연맹을 하루빨리 재건해야 한다고 주장하는 이들이 생겨났다.

그러나 동시에 백리중의 책임론도 함께 대두되었다. 거대 세가도 아닌 백리가, 일개 가문에서 무리하게 무림대회를 주최한 바람에 독룡이 난입할 여지를 주었고 그것이 대참사의 빌미가 되었다는 주장이다. 그러니 무림맹주가 될 자격이 없다고 했다.

무림총연맹으로 모이자는 측과 백리중에게 책임을 묻자는 주장들이 팽팽한 가운데…… 백리중이 입장을 천명했다.

나 백리중이 무림동도들에게 예를 갖추어 고(告)하오.

수십 년을 알고 지낸 벗들.

내게 늘 귀감이 되어 주었던 선배들.

혈육보다 가까웠던 아우님들.

본인은 얼마 전, 그들이 독룡의 수라혈에 중독되어 고통스러워하고 죽어 가는 모습을 목전에서 보았소이다. 그것을 지켜보는 본인의 심정 또한 천 갈래, 만 갈래로 찢기는 듯 고통스러웠소이다…….

그들이 흘린 피눈물은 아직도 내 가슴에 남아 있소. 혈향이 남아 평생을 지워지지 않을 것처럼 풍기고 있소.

혼천흑지(昏天黑地)라,

환한 대낮에조차 하늘은 컴컴하고 땅은 어둡기만 하오.

내 마음이 이리 어지러울진대, 동도들의 죽음이 아직도 생생한데, 어찌 간사한 소인배처럼 이 기회를 틈타 무림맹주의 자리에 오를 수 있겠소이까.

나 백리중, 비록 평생 칼 한 자루 믿고 살아온 아둔한 자이나…… 경우를 모르는 자가 아니오. 인의(人義)를 모르는 짐승이 아니오.

무림대회를 주최한 입장에서 세간에서 들려오는 비판을 겸허한 마음으로 모두 받아들이오.

이에 본인…… 책임을 통감하며 한동안 검을 내려놓고 야인(野人)으로 돌아가려 하니, 부디 동도들은 나를 이해하여 주기 바라오.

그리고 백리중은 스스로 상복을 입고 산중으로 들어가 버렸다.

백리중이 던진 포고의 파문은 굉장했다.

독룡을 상대할 수 있는 유일한 이가 모든 것을 내려놓고 은둔을 선택하고 말았다.

강호는 한순간에 포악하기 짝이 없는 살인자, 천고의 대살성, 독룡의 손에 맨몸으로 내던져지고 만 것이다.

*　　　*　　　*

"독룡! 이보게, 독룡!"

쿠당탕!

발소리가 요란하게 울리면서 진자강의 방에 편복이 찾아왔다.

진자강은 독천의 기저귀를 갈고 있다가 고개를 돌렸다.

"오셨습니까."

편복이 침까지 튀겨 대며 눈을 크게 뜨고 말했다.

"자네 지금 뭐 하는 건가?"

"기저귀를 갈고 있습니다."

"아니, 지금 그러고 있을 때가 아니잖은가!"

진자강의 표정은 담담했다.

"기저귀 가는 건 중요한 일입니다."

"사람이 먹고 싸는 건 중요하지. 중요한 건 아는데, 지금 같은 시국에 아무것도 안 하고 애만 보고 있으면 되느냐는 말이지."

"지금까지 한 일은 이 아이들의 미래를 위한 일이기도 했습니다. 이 아이를 보고 있는 건, 앞만 보고 달리다가 가끔 무엇을 위해 달렸는지 내 스스로 잊지 않기 위함입니다."

편복은 뭐라고 말을 하려다가 관둬 버렸다.

"에잉, 말로는 어째 당할 수가 없어. 무공이 늘면 말주변도 느나? 아니면 마음에 여유가 생긴 겐가. 복수가 끝난 이후에 자네는 어딘가 달라 보이는구먼."

진자강이 웃었다.

"제가 걱정되어 오신 거라면 괜찮습니다."

"어떻게 괜찮을 수가 있어? 전 중원이 자네를 욕하고 있네. 그중에는 말도 안 되는 비방도 있다고!"

진자강은 태연했다.

"글쎄요. 어쩌면 이런 일들이 익숙해서인지도 모르겠군요."

"자네는 태연할 수 있을지 몰라도 주위 사람들은 안 그렇다네. 잠깐 나와 보게."

편복은 독천을 안은 진자강을 억지로 끌고 밖으로 나갔다.

방 밖에 백 명이 넘는 수많은 사람들이 와 있었다.

남궁락과 남궁가의 제자들을 비롯, 악록산에서 구출했던 정파 무인들, 그리고 그 이전부터 당가로 와 있던 청년 무인들까지.

그들은 독천을 안고 있는 진자강의 평화로운 표정을 보며 의심의 눈빛을 했다.

"믿을 수가 없군. 내가 보고 있는 게 정말로 독룡이 맞습니까?"

진자강이 끄덕였다.

"맞습니다."

"축지법이라도 익힌 게 아닌 이상에야……."

사천의 당가대원에서 호광의 백리가까지 오천 리나 된다. 사건이 일어난 날, 진자강은 당가대원에 있었다. 전날 모두가 나가서 진자강을 마중했으니 모르려야 모를 수가 없다.

악록산에서 진자강 덕에 살아남은 정파 무인들도 지금의 일을 도저히 믿지 못했다.

"설마…… 그럼 그것이 금강천검의…… 자…… 자작극이라는 겁니까?"

자작극이란 말이 조심스러웠다.

그만큼 큰 사건이 벌어진 것이니까.

만일 자작극이 맞다면 백리중은 각 문파에서 한 명씩을 골라 모아 놓고 전부 죽여서, 모든 문파와 진자강을 원수지간으로 만든 말도 안 되는 짓을 한 것이다.

진자강이 되물었다.

"자작극이든 아니든, 상관있습니까?"

어차피 진자강은 무림총연맹의 반대편에 있고, 무림대회에 참가한 이들은 백리중의 편에 선 것과 다름없다. 원수가 되지 않는다 하더라도 그 문파들과 결국 싸울 수밖에 없는 걸 진자강은 한참 전부터 각오하고 있었던 것이다.

"상관있소!"

누군가 소리쳤다.

한 명의 무인이 불신의 빛을 가득 띤 얼굴로 말했다.

"솔직히 말하겠소. 나는 악록산에서 대협 덕에 살아남았으나 이제껏 정체를 밝히지 않고 있었소. 나는 정의회 소속인 공동파의 제자요."

정의회란 말에 다른 이들이 모두 그를 쳐다보았다. 그러나 악록산에서 대거 탈출할 때 정의회 소속 무인들도 얼떨결에 섞여 버렸다. 이 자리에도 아직 밝히지 않은 이들이 많이 있을 터였다.

그럼에도 무인은 목숨을 걸고 나선 셈이다.

"대협은 악록산에서 본 파의 사백을 죽인 적이 있으니 알 것이오."

"기억합니다."

"우리 공동파에서도 금학 사백이 이번 백리가의 무림대회에 참가했소. 대협이 무림대회에 가지 않았다면, 금강천검은 자신을 지지하고 있는 같은 편마저도 죽였다는 말이 되오."

무인이 피를 토하듯 소리쳤다.

"그런데 그게 어떻게 상관이 없는 얘기가 되겠소이까!"

그의 용감한 행동에 다른 이들도 나섰다.

"맞습니다! 이것은 대협이 확실한 입장을 내 주셔야 하는 일입니다. 도대체 누가 이런 짓을 저지른 것인지! 명확하게 밝혀야 하는 일입니다!"

"자작극이 확실하다면 금강천검은 우리의 원수입니다!"

다들 한마디씩을 하며 난리가 났다.

흥분할 수밖에 없는 일이었다. 백리중은 지금껏 대협객으로 알려져 왔다. 그래서 다소 이상한 행동을 한다 해도 묻고 넘어가면서 따를 수 있었다.

그러나 그것이 자신들을 이용해 먹기 위함이라면, 심지어 각 문파의 최고 자산인 제일 고수들마저 아무렇지 않게 죽여 버리면서까지 목적을 달성하는 자라면, 마냥 따를 수는 없는 것이다!

목소리들이 높아져 갔다.

자그마치 천 개의 크고 작은 문파가 관련되어 있다. 이 자리에서 무림대회에 참가하지 않은 문파 사람은 거의 찾아보기 힘들 것이었다.

진자강이 무인들을 내려다보며 무덤덤하게 말했다.

"내가 말하면…… 그것을 사실로 믿겠습니까?"

무인들이 잠시 술렁거렸다.

"잘 모르겠소. 그래도 말을 해 주어야 믿든 말든 하지 않겠소."

"억울하면 억울하다, 본인이 아니면 아니다. 그래야 우리가 어떻게든 진실을 알아볼 수 있지 않겠습니까."

진자강은 별다른 표정의 변화 없이 답했다.

"나는 강호에 나오면서 내가 하지도 않은 일로 많은 음해를 받았습니다. 그리고 대부분의 경우, 사실을 말해도 의심을 거두지 않았습니다."

누군가 외쳐 물었다.

"그럼 왜 대협은 참가하지도 않을 무림대회에 참가한다고 거짓말을 하였습니까?"

"아귀왕을 잡으러 가기 위해서였습니다."

"대협이 거짓말을 하였기에 모두가 대협을 의심하는 것이잖소이까!"

진자강은 화내지 않았다.

"그럴 수 있습니다. 그러나 지금의 말은 그저 나의 책임으로 돌리려는 핑계라는 걸, 질문한 본인도 알고 있을 겁니다."

"그건……."

무인의 얼굴이 붉어졌다.

"여러분은 어제도 그제도 내가 당가대원에 있는 모습을 보았습니다. 눈으로 보았으면서 어째서 믿지 못합니까?"

무인들이 요구했다.

"그렇다면 좀 더 확실하게 그렇다 아니다 말해 주시오. 대협에게는 몰라도 우리에게는 사문의 존폐가 달린 일이외다!"

진자강이 다시 되물었다.

"그런 중대한 일을 왜 남의 말에 의존하고자 합니까."

무인들은 대꾸할 말을 찾지 못했다.

진자강이 화를 내지 않고 여전히 평온한 어조로 말했다.

"진실은 밝혀져야 합니다. 그러나 그것이 누군가의 말에 좌지우지될 일이라면, 그건 더 이상 진실이 아닙니다."

그때 멸마승 무각이 육하선에게 안겨 나오며 화통을 삶아 먹은 듯 무인들을 크게 꾸짖었다.

자신에게 이득이 되나 안 되나, 어디에 붙어야 유리한가를 먼저 계산하고 나서 진실과 거짓을 따지니 그게 제대로 따져질 리가 있나!

내공이 잔뜩 실린 무각의 호통에 무인들이 주춤했다.

멸마승 무각. 전설과도 같은 존재다. 그가 던진 한마디의 화두가 무인들의 폐부를 깊이 찔렀다. 그런 와중에도 독천이 놀라지 않고 오히려 까르륵거리며 웃자, 무인들은 왠지 부끄러워져서 얼굴이 더욱 붉어졌다.

무각이 혀를 차며 말했다.

"이 똥멍청이 같은 불쌍한 중생들아! 스스로의 눈으로 보고 믿거라. 그래도 정 안 되겠다 싶어 남의 말을 들어야 한다면 대가를 외면하지 말거라. 스스로의 선택에 책임질 마음가짐이 되었을 때에 독룡에게 진실을 구하란 말이다."

무각이 육하선을 쿡쿡 찔러 진자강을 볼 수 있게 돌려 달라고 했다.

무각이 진자강을 보고 말했다.

"내 말이 틀렸느냐? 네놈은 결국 그 말이 하고 싶었던 게지?"

진자강이 대답을 하지 않자, 무각이 다그쳤다.

"배알이 꼴리느냐? 네놈이 진실에 도달하는 데 그렇게 고난과 역경을 겪었는데 남들에게 쉽게 진실을 알려 주려니 아깝더냐?"

진자강은 웃었다.

"부인하지 않겠습니다."

"여기 중생들은 지도자를 원한다. 누군가 책임지고 나서서 자기들을 이끌어 주기를 바라고 있는 게야. 그깟 거 수락해 버려. 이들을 전부 버리고 혼자 걸어가기라도 할 셈이 아니면."

진자강은 잠시 기다렸다가 대답 대신 다른 말을 했다.

"아귀왕은, 지도자를 바꾸지 않았습니다."

무인들이 모두 입을 다물고 진자강의 말을 경청했다.

"지도자가 아니라 뿌리를 바꾸었습니다. 오랜 시간이 걸렸지만 그로 인해 강호의 흐름을 바꾸는 데 거의 성공할 뻔했습니다."

진자강은 까르륵거리는 독천의 입에 손가락을 물리며 말했다.

"강호를 지탱하는 뿌리는 우리 모두이지 나 한 사람이 아닙니다. 강호를 바꿀 수 있는 것도. 강호의 미래를 결정하는 것도."

무인들의 얼굴에서 분노와 당혹감이 사라지고 그 자리를 차분함이 채웠다.

누군가가 조용히 말했다.

모든 개개인에게는 각각의 정의가 있다. 모든 조직에는 조직이 지향하는 정의가 있다. 각각의 정의가 합하고 또 갈라져 결국은 거대한 대의를 이룬다.

가릉강, 오강, 그리고 수백의 지류가 합쳐 장강을 이루듯.

그 말을 한 청년이 진자강을 바라보았다.

"일전에 우리가 찾아왔을 때, 대협께서 해 주신 말씀입니다."

해월 진인이 진자강에게 한 얘기가 젊은 무인들에게로 이어졌고, 그것이 다시 그들을 통해 진자강에게 되돌아온 것이다.

진자강이 끄덕였다.

강호의 미래를 결정하는 건 결국 각각의 개인.

강호는 개개인이 신념과 사상이 모여 만들어진 흐름에 불과하지, 따르고 추종해야 할 우상(偶像)이 아니다…….

무인들의 마음에 깊은 울림이 일었다.

침묵이 무겁게 흘렀다.

진자강의 말은 틀리지 않으나 혼란스럽고 받아들이기 어려웠다. 진자강이 살며 경험하고 깨달은 것과 그들이 살아온 삶은 다르다. 머리로 이해하고 쉽사리 받아들여지지는 않는 것이다.

침묵이 오래되자, 답답해진 누군가가 참지 못하고 외쳤다.

"에이, 망할! 그러니까 했다는 거요, 안 했다는 거요!"

무각이 소리친 중년의 무인을 마뜩잖은 눈으로 째려보았다.

"저저저, 말귀 못 알아듣는 놈 좀 보게?"

무인은 무각에게 죄송하다는 듯 고개를 꾸벅하고는 할 말을 마저 해 버렸다.

"나 하북에서 문파도 뭣도 없이 홀로 칼 밥 먹고 살던 서균이라는 잡놈이올시다. 금강천검의 의협심에 감복하여 정의회에 가입했다가 여기까지 오게 됐소. 쨌든, 대사께는 송구하지만 복잡하게 살아가는 방법을 알고 있는 사람은 그리 살 수 있을지 몰라도 나처럼 그게 안 되는 사람도 있는 겁니다."

"어쭈?"

"글도 못 뗀 무지렁이지만, 선악은 구분할 줄 아오. 만약 대협의 말이 거짓이면 되든 안 되든 내 목숨을 걸고 빚을 받으러 올 거요. 그러니까 말해 보시오. 백리가의 무림대회 사건, 대협이 한 거요, 안 한 거요?"

진자강이 서균이란 무인을 보았다. 눈빛이 결연했다. 이제까지의 혼돈을, 백리중에게 속아 온 자신을 탓하며 괴로워하고 있다.

진자강의 앞에서, 목숨을 각오하고 내뱉은 말이다.

진자강이 답했다.

"제가 한 일이 아닙니다."

"좋소! 그간 신세 많이 졌소이다."

서균은 비굴하지 않은 모습으로 진자강에게 포권을 하곤 발을 돌려 장원을 나가려 하였다.

그때 무각이 서균을 불렀다.

"거기 서 봐라."

"왜 그러시오?"

무각이 서균을 세워 놓곤 진자강에게 말했다.

"네놈은 너무 강하고 강함 이상으로 확고한 신념을 가지고 있다. 그것이 조금이라도 잘못된 방향으로 가면 강호는 지금보다도 더 끔찍한 놈을 맞이하게 되겠지."

진자강이 무슨 말이 하고 싶으냐는 뜻으로 무각을 보았다.

무각이 말했다.

"저놈을 내 칼로 쓰겠다. 언제든 네가 잘못된 길로 가면 내 칼이 너를 향할 것이다."

서균이 당황해했다.

"누, 누가 대사의 칼이란 말이오?"

"가만 있어, 이놈아. 내가 안 데리고 가면 염라대왕 만나러 갈 거 아니냐."

서균은 진자강이 거짓말을 하면 빚을 받으러 오겠다고 말한 것처럼, 백리중에게 이제까지 속은 데 대한 빚을 받으러 가려 했던 것이다.

무각을 안고 있는 육하선이 말했다.

"본 녀의 품을 떠나시렵니까?"

"가야지. 언제까지 여자 품에서 젖내나 맡고 있으라는 게냐. 한시도 더 안겨 있기 싫으니 어서 저놈에게 던지거라."

"흥. 젖내가 아니라 술내겠지요. 이제 누가 대사에게 육전을 부쳐 줄지 모르겠습니다? 잘 가세요, 땡중 어르신."

육하선이 말과 달리 섭섭한 표정으로 서균에게 무각을 던졌다. 서균은 얼떨결에 무각을 받아들었다. 하지만 왜 자신에게 무각을 던졌는지 이해하지 못해 다시 육하선에게 되던지려 했다.

한데 그러지 못했다. 무각은 뼈마디만 앙상하여 받을 때는 깃털처럼 가벼웠는데, 되던지려 하니 갑자기 무거워졌다.

"으윽!"

서균은 팔이 빠질 뻔했다. 커다란 돌덩이를 든 것 같았다.

"뭐, 뭡니까!"

"버르장머리 없는 놈. 내가 공이냐? 괘씸해서 반나절은 이러고 가야겠다. 어서 가자!"

"어디로 가는데요?"

"아무 데나."

서균은 황당한 표정으로 사람들을 쳐다보았다. 주변에 있는 이들이 부러워하거나, 혹은 웃고 있었다. 그제야 서균도 깨달았다. 무각이 자신을 제자로 삼으려는 것이다.

서균은 머쓱한 표정으로 끙끙대며 무각을 안고 당가대원을 떠났다.

백리중이 진자강을 직접 함정에 빠뜨리려 한 건, 확실하게 적대하겠다는 뜻을 드러낸 것이었다. 이대로 당가에 남아 있으면 백리중과는 적이 된다.

그러나 백리중의 적이 되는 것보다도 더 이들을 분노케 한 건 이제껏 백리중에게 속았다는 점이었다.

"한마디만 더 묻고 싶습니다."

젊은 무인들이 분노를 억누르며 진자강에게 물었다.

"대협은 앞으로 어떻게 하실 겁니까?"

진자강이 대답했다.

"이제껏 해 온 것처럼 그대로 할 것입니다."

"금강천검을 죽이러 가겠다는 뜻입니까?"

"때가 되면."

무인들은 그것을 진자강이 지금 움직이지 않는다는 의미로 받아들였다.

하기야 섣불리 행동하기에 좋은 시기가 아니다.

백리중이 죽은 이들에 대한 추모의 핑계를 대며 은거한 때문에 일이 굉장히 복잡하게 되었다.

만약 진자강이 움직인다면 잔뜩 겁을 집어먹은 강호의 세력은 진자강이란 절대의 적에 대항하기 위해, 유일하게 진자강을 상대할 수 있는 백리중을 구심점으로 삼아 견고하게 뭉칠 수도 있다.

무인들이 고개를 절레절레 내저으며 각자의 의견을 말했다.

"사건 직후에 바로 무림맹주가 되겠다고 나섰으면 불만이 많아 제대로 되지 않았을 터인데."

"바로 나서지 않고 은거하겠다고 한 것에 이런 노림수가 있었군요."

남은 이들도 거취를 결정할 때가 되었다.

많은 이들이 돌아가는 길을 택했다. 백리중의 흑심은 혼자서 감당하기에 너무도 부담스러웠다.

"문파로 돌아가야겠소. 사문의 어르신들이 내 말을 들어주실지는 모르나…… 얘기는 해 봐야겠지."

청년 무인의 말에 다들 공감했다.

자신들의 문파가 걱정된 이들은 떠났고, 당가에 있고 싶어 하는 이들은 남았다. 생각보다 많은 이들이 자파로 돌아갔다.

남궁락은 제자들과 함께 남기로 했다.

몸이 불편하다는 핑계를 대었으나 실제로는 아직 고민할 것이 많은 듯했다.

"금강천검이 탁월한 선택을 한 것인지 의아하군. 다른 이들을 속이는 데에는 성공했을지 몰라도, 자네에겐 통한 것처럼 보이지 않아."

"그의 수작에는 관심 없습니다. 무엇을 해도 실패할 겁니다. 단지 지금은……."

진자강이 뒷말을 고르다가 답했다.

"한 번에, 최대한 많이. 얼마나 오염된 뿌리를 걷어 낼 수 있을지, 그 방법을 생각하고 있을 뿐입니다."

남궁가의 제자들은 진자강이 무슨 말을 하는지 깨닫고 오싹해서 몸서리를 쳤다. 진자강에게는 그럴 만한 능력이 있다. 결코 우스개나 허풍으로 들리지 않는다.

남궁락이 아쉬워했다.

"결국은, 많은 이들의 바람을 무시하고 대살성의 길을 가겠다는 것인가."

"그건 제 선택이 아닙니다."

남궁락이 진자강을 바라보았다. 진자강이 잠시 말을 끊었다가 이었다.

"제가 아니라 금강천검이 자신의 길동무를 선택하게 될 겁니다."

남궁락이 깊은 탄식을 하곤 물었다.

"상계는?"

상계 역시 책임에서 자유롭지 않다.

진자강이 조금의 망설임도 없이 답했다.

"그들도 대가를 치르도록 만들겠습니다."

*   *   *

안령은 당가의 정원에 나와 멍하게 밤하늘을 보고 있었다.

진자강이 나와 있다가 안령의 옆에 섰다.

안령이 돌아보지도 않고 조용히 물었다.

"손비는…… 다시 돌아오지 않겠지?"

"아마도, 그럴 겁니다."

"당신이 잡았으면 손비는 떠나지 않았을 거야. 웃으며 떠났어?"

진자강은 대답하지 못했다. 마지막까지 울고 있던 손비의 얼굴이 떠올랐다. 그것이 잡아 달라는 손비의 마지막 표현이었을까.

"나쁜 남자네. 거짓으로라도 조금은 행복하게 해 줬어도 괜찮았잖아."

안령이 몸을 추스르며 일어났다.

"나도 당신 좋아했어. 그런데 난 끝까지 마음을 주진 못하겠더라. 왠지 알아?"

"모르겠습니다."

"가문이 나에게 배신하라고 할까 봐. 할아버지가 가문을 살리기 위해 당신을 배신하라고 할까 봐."

안령이 진자강을 똑바로 쳐다보았다. 얼굴까지 엉망이었지만 시선을 돌리지 않았다.

"그런데 참 희한하지? 이제 내게 그렇게 강요할 사람이 없는데도 난 여전히 망설여져. 그건 아마도…… 당신의 마음에 내가 들어설 자리가 없기 때문이겠지."

안령이 희미하게 웃었다.

"그래서 나도 떠날 거야."

"몸이 다 나으면 가십시오."

"됐어. 그리고 독천이 얘기 들었어. 손비에겐 내가 필요해. 내가 돌아가 있어야 손비가 나를 찾아올 거야."

안령은 목발을 짚고 서서 인사했다.

"안녕."

진자강은 힘들게 한 걸음, 한 걸음을 걸어가는 안령의 뒷모습을 한참이나 바라보았다.

　　　　*　　　　*　　　　*

　깊은 산중의 오두막.

　백리중이 백리장에서 죽은 이들을 추모하며 상중에 있는 장소다.

　하나 조용하게 혼자서 기거하고 있는 건 아니었다.

　백리가의 무사들이 십수 명이나 보초를 서고 하인과 시비들도 있었다. 산중이지만 백리가의 본가 장원에서와 별다를 바가 없는 생활을 하고 있었다.

　오두막 안으로 시비들이 계속해서 갓 도축한 고기를 나르고 있었다.

　으적으적.

　백리중은 생닭을 씹으며 허기를 달래고 있었다. 이미 그의 주변에는 온갖 짐승들의 뼈가 너저분하게 흩어져 있었다.

　백리중을 찾아온 상인 측의 대표가 앞에 앉지도 못하고 말했다.

　"저…… 언제까지 이러고 계실 생각인지."

　백리중이 입에 묻은 피를 닦지도 않고 말했다.

　"아? 이거 실례했소이다. 요즘 허기가 너무 심해서 말이지. 같이 좀 드시오."

"아닙니다. 그런 뜻은 아니고……."

상인이 말했다.

"대협께서 무림맹주의 자리에 오르면 저희가 대협께 크게 투자하기로 하지 않았습니까. 그런데 갑자기 야인이 되겠다고 하시면……."

백리중이 빙긋 웃었다.

"조금만 더 기다리시오. 지금은 아직 밥이 설익었소. 곧 내게 무림맹주가 되어 달라며 사정하며 찾아오는 이들이 생길 것이외다. 지들이 급해야 불평이 없지, 지금이야 어디 등 따시고 배부르니 건방지게 내게 물러나라 마라 하는 자들이 있지 않소?"

그래서 이 산중으로 와 되지도 않는 상주 행세를 하는 것이다. 명분을 쌓기 위해서!

"하나 독룡이 가져간 어음을 되찾아와야 합니다. 그게 잘못되면 많은 상방과 상회들이 어려움을 겪게 될 것입니다."

"어음의 기한이 다 되어 간다면서?"

"그렇습니다. 지금 기한이 근 한 달 안으로 다가온 어음들이 꽤 있습니다."

"잘됐군. 가서 달라고 하시오."

상인이 곤란한 표정을 지었다.

"하지만 그러면……."

진자강이 돈황에서 아귀왕에게 어음을 가져간 것이 알려지고, 그러면 백리장에서 일으킨 사건과 시간이 맞지 않는다는 것도 알려지게 될지 모른다.

백리중이 껍질까지 붙은 질긴 돼지의 다리를 잡고 뜯었다.

"걱정 마시오. 대부분은 날짜 같은 복잡한 얘기보다는 독룡이 애꿎은 상인을 죽여 재산을 강탈해 갔다는 얘기에 더 관심을 기울일 것이외다. 그런 건 거짓 소문 한두 마디 섞어 주면 해결될 문제요. 게다가 놈이 귀하들께서 돈을 달라고 한들 주겠소이까? 당연히 주지 않겠지. 당가는 그럴 만한 능력도 없소이다."

백리중은 크게 껄껄 하고 웃었다.

"상인을 죽여 재산을 강탈하고 주어야 할 돈도 주지 않으며 자신이 받을 것만 요구하니, 독룡의 악명은 계속해서 높아질 것이오. 그러면 그때가 바로 무르익는 때이자 내가 무림맹주가 되는 날이외다."

진자강이 가져간 어음과 무림맹주의 자리를 생각하니 백리중은 더 크게 허기가 찾아왔다. 크게 돼지 다리를 뜯고 뼈까지 씹어 삼켰다.

백리중의 눈빛이 번들거리는 걸 보면서 상인이 읍했다.

"그럼 저희는 대협만 믿겠습니다. 어음을 되찾아 대협께서 순리대로 처리하신다면 대협께서도 큰 이익을 보게 되실 겁니다. 저희는 금전적인 손해도 손해이지만 이로 말미암아 상계의 질서가 어지럽혀질까 그게 더 걱정입니다."

"걱정 마시오, 걱정 마시오. 조만간 놈은 궁지에 몰려 패악질을 하게 될 테고, 그것이 우리에게는 아주 좋은 기회가 될 것이외다."

그러나 백리중은 상인이 돌아가자마자 비릿하게 조소했다.

"네놈들도 망해 봐야지. 좀 더 곤란해져야지. 그래야 내게 알아서 갖다 바칠 게 늘어나고 말이야."

껄껄 웃은 백리중이 고개를 돌리며 무의식적으로 물었다.

"안 그런가, 군사?"

그러나 그의 곁에는 아무도 없었다.

"……흠."

백리중은 한순간 싸늘하게 얼굴을 찌푸렸다가 이내 아무 상관없다는 듯 고개를 돌렸다.

으적 으적.

第三章
견리사의(見利思義)

　진자강은 한동안 움직이지 않고 독천이만 돌보았다.

　그리고 당하란은 그만큼 당가의 일에 열중할 수 있었다. 진자강도 당하란을 하루에 두 번 보기 힘들었다.

　당하란은 초췌한 몰골이 되어 한밤중에 방으로 돌아왔다. 진자강은 당하란을 위해 따뜻한 차를 내놓았다.

　당하란은 꺼지듯 의자에 몸을 앉히고 물었다.

　"독천이는?"

　"잡니다."

　"휴우……. 나는 가주가 되면 그냥 가만히 앉아서 말로 명령만 하면 되는 줄 알았는데."

당하란의 눈에 피곤의 기색이 역력했다. 진자강은 의자에 앉은 당하란의 뒤로 돌아가 어깨를 주물러 주었다.

"할아버님이 그렇게 서류에 파묻히는 걸 보면서, 아랫사람을 너무 못 믿어 저러는 거 아닌가? 하고 생각했었거든."

당하란이 허탈하게 웃었다.

"그런데 그렇지 않네. 그 한 마디의 결정을 위해서 실시간으로 강호의 정세를 파악해야 하고 집안의 상황을 알아야 돼. 적재적소에 사람을 쓰기 위해서 그 사람들의 내력과 성향을 살피는 것조차 모두 일이야."

"세상에 쉬운 자리는 없습니다. 지금도 잘하고 있습니다."

"어음 문제, 아무래도 사활을 걸어야 할 것 같아."

"미안합니다."

"그런 말 하지 마. 당신이 포기했으면 아귀왕이 원하는 대로 되는 거야."

당하란이 고개를 뒤로 젖혀 진자강의 얼굴을 거꾸로 보았다.

"당신은 하던 대로 해. 뒷일은 내가 수습해. 이번뿐만이 아니고 다음번에도, 그리고 언제든 마찬가지야."

당하란은 피곤한 얼굴로도 눈을 빛냈다.

"무각 대사의 칼? 난 그런 거 신경 안 써. 그리고 그 칼이 당신을 향하게 두지도 않을 거야."

진자강을 향한 신뢰의 눈빛…….

진자강은 조용히 당하란의 이마에 입을 맞추었다.

당하란도 기분 좋은 표정으로 진자강의 체온을 느끼며 어깨 위에 올려진 진자강의 손을 잡았다.

"독천이 동생 만들까?"

움찔!

＊　　　＊　　　＊

당하란은 당가의 가주 대행으로서 상계에 공식적인 서신을 보내었다.

섭서상방 십이만 냥.

휘주상방 오만 오천 냥.

민상 삼만 냥.

산동상방 일십만 냥.

광동상방과 강우상방 각 사만 오천 냥 외…….

상기의 상방에 대한 어음의 지급 기한이 다가오므로, 각 상방의 책임자께서는 남표 어음을 지참하여 본 가로 와 주십시오.

상계가 발칵 뒤집혔다.

당가가 먼저 움직일 거라고는 아무도 예상하지 못했다. 그것은 백리중이 예측했던 것과도 전혀 반대인, 뜻밖의 선제 행동이었다.

상계는 전전긍긍하였다. 두뇌 역할을 하던 왕연조차 진자강의 손에 죽은 지금, 어떻게 행동해야 할지 선뜻 결정이 곤란해졌다. 받을 돈을 못 받고 나중에 달라는 돈만 주게 되면 큰 손해를 보게 되니, 가지 않을 수도 없었다.

그러나 단순히 돈 때문이 아니고서라도 가기가 꺼려지는 부분은…….

왕연이 죽으면서 모든 계획을 털어놓았을지도 모른다는 불안감 때문이었다.

진자강은 지독하다. 좀처럼 정체를 드러내지 않고 있던 왕연까지 끝끝내 찾아서 추살한 독종이다.

왕연과 손잡고 강호를 뒤흔든 자신들을 그냥 내버려 두지 않을 것은 자명하다.

더구나 장소가 다른 곳도 아닌 당가대원이었다. 그곳은 소림사의 석금강조차 뚫지 못한 곳이 아닌가.

그 안에서 죽으면 누구도 알지 못한다. 쥐도 새도 모르게 사라질 수도 있는 것이었다.

하나 아무리 서신을 보아도 다른 내용은 알 수가 없었다.

당가가 소유한 어음이 있으니 그에 짝을 이루는 남표 어음을 가져오라는 말은 있으되, 그것을 정산 지급하겠다는 것인지는 확실하게 말이 없었다.

상계에서도 자체적으로 알아본 바, 백리중의 말처럼 당가는 수십만 냥의 대금을 지불할 여력이 없었다. 남표를 가져갔다가 당가대원 안에서 죽여 버리고 자신들이 가진 남표 어음까지 회수할 생각인지, 아니면 기한을 연장하거나 협박을 할 생각인지. 그도 저도 아니라 정말로 어음의 지급을 하려는 것인지.

서신만 보고는 아무것도 알 수 없었다.

목숨을 걸고 돈을 받으러 가느냐.

포기하느냐.

거상들은 비밀리에 모여 회합을 가졌다.

섬서상방의 대복고가 먼저 일어나 읍하며 발언했다.

"자리에 모여 주신 여러 행상생고(行商生賈)들께 깊은 감사를 드리외다. 우리가 모인 것은 다름이 아니라 지금 기한이 다가온 어음들 때문이오. 이를 두고 당가에서 받으러 오라 이르고 있으니 어찌해야 할지 중지를 모아 현명하게 대처하고자 하오."

용유상방의 방주가 말했다.

"우선 당가의 저의를 알아야 합니다. 우리를 전부 불러다가 무슨 짓을 하려는 것인지."

태호상방의 복고가 불편한 표정을 지었다.

"하나 우리는 왕 대인이 무슨 말을 했는지 모르오. 독룡이 모든 것을 알고 있다면, 아니 알고 있다고 봐야겠지. 그러니까 우릴 부른 것 아니겠소이까. 자칫 범의 아가리에 나 죽여 달라 머리를 들이미는 꼴이 될 수도 있소. 차라리 당가대원이 아니라 다른 자리로 오라고 합시다. 돈을 가지고 와서 서로 어음을 맞추어 보고 받으면 되는 일 아니겠소?"

누군가가 툭 던지듯 말했다.

"그 자리로 독룡이 오면?"

"……."

순간 거상들의 회합은 침묵에 휩싸였다.

당가대원으로 가는 것도 싫지만 독룡이 직접 찾아온다는 건 더 끔찍했다.

더욱이 그것은 칩거한 독룡을 중원으로 나오게 할 빌미가 될 수도 있었다.

거상들이 영파상인을 주목했다.

"행주께서는 어떻게 보고 계시오?"

영파상인은 당가와 거래하고 있었다. 당청과 손을 잡고 거사를 일으키려다가 실패했다. 당가에 대해서 가장 잘 알고 있는 쪽이기도 하다.

영파상인의 행주가 깊이 고심하며 말했다.

"독룡에게 당했던 염왕이 자리에서 일어난 이후 가장 먼저 한 것이…… 사천에 있는 본 상의 관련자들을 잡아 족친 것이었소이다. 당가는 지금도 사천의 지역 상단을 통해 거래를 하고 있으나 명색만 본 상의 이름을 쓰고 있을 뿐, 일단 우리와는 거의 거래가 끊긴 것이나 다름이 없는 상태올시다."

거상들이 모두 혀를 차며 백리중을 성토했다.

백리중이 움직이지 않고 뜸을 들이는 것이 못내 서운하고 얄미웠다.

"우리가 주는 돈이 부족하다는 건가? 아니면 독룡을 쳐서 우리 어음까지 전부 꿀꺽할 셈인가."

"독룡을 더 마귀로 만들어 무림공적으로 삼으려고 우리에게 희생하라 내버려 두는 것이외다. 시간이 지나면 우리가 돈 보따리를 들고 그자에게 매달릴 수밖에 없다는 걸 아는 것이지."

"어느 쪽이든 그자가 무림맹주가 되면 지금보다 더 많은 금을 바쳐야 할 것이오."

그때 한 명이 의견을 냈다.

"그리고 보니 금강천검이 말하길, 독룡이 애꿎은 상인을 죽여 재산을 강탈해 갔다는 얘기를 퍼뜨리면 좋다고 하였소."

그 말에 거상들의 귀가 솔깃해졌다.

"그 말인즉, 독룡이 어음을 입수한 경위를 따져 볼 수 있다는 것이오?"

관동상방의 방주가 부정적인 태도를 보였다.

"따진다고? 독룡에게?"

태호상방의 복고가 말했다.

"우리 뒤에는 금강천검과 무림총연맹이 있소이다. 그리고 독룡은 피에 미친 살인귀라 하더라도 그 부인은 아니오. 당가의 가주 대행이며 일 처리도 똑 부러진다고 알려져 있소. 가주 대행이 바보가 아닌 이상에야 우리를 함부로 대하지는 못할 것이요."

그제야 거상들은 잊고 있던 사실을 깨달았다. 어음의 소유자가 진자강이 아니라 당가다. 당가 가주 대행의 명의로 서신이 배달되었다.

"잠깐. 독룡이 아니라 당가에서 어음을 책임지고 있다는 뜻이구려?"

"그렇소이다. 독룡 개인이 아니라 당가의 책임하에 있다면 좀 더 수월하겠지. 상리에 따라 손익을 찬찬히 따져 볼 수도 있을 것이오. 아무래도 가문을 움직이는 것은 감정에 따라 결정할 수 없는 문제이니."

당가를 상대하는 것이 진자강 개인과 상대하는 것보다는 낫다.

모순적이기까지 한 말이었지만 지금 상황에서는 그보다 더 좋은 수는 없었다.

이제껏 한 마디의 발언도 없던 휘주상방의 나이 든 고두가 갑자기 지필묵을 요구하더니 글자를 적기 시작했다.

견리사의(見利思義).

"견리사의라, 이익을 눈앞에 두고 있을 때에는 의로움을 먼저 생각하라는 말이오."

거상들이 휘주상방의 나이든 고두를 쳐다보았다.

고두가 말했다.

"우리가 요구할 것은 이것 하나뿐이오. 당가에서 어음을 가지고 수작을 부려 이득을 보고자 하면, 우리는 견리사의를 주장하여 당가의 주장이 사리에 합당한지 따져 볼 것이외다."

거상들이 서로를 보며 고개를 끄덕였다.

무력으로는 상대할 수 없다. 그렇다면 오로지 해 볼 수 있는 건 명분뿐이다.

어차피 이들이 오랫동안 강호를 흔들어 이득을 보려 대계(大計)를 꾸미고 있었다 한들 별다른 증거는 없지 않은가!

명분은 상계에 있다.

당당하게 당가에 묻는 것이다.

그 어음은 어디서 어떻게 손에 넣으셨소이까? 하고!

그에 대해 당가에서 할 수 있는 건 우기거나 변명하는 것
뿐.
그리하면 주도권을 잡을 수도 있을 것이다.
휘주상방의 나이든 고두가 진중한 표정으로 말했다.
"왕 대인의 소천 이후, 우리는 많은 분야에서 움츠러들
고 있소. 이를 해결하고 넘어가지 않으면 다시 주도권을 잡
기는 지난한 일이 될 거외다. 다시 무인들에게 휘둘리며 우
리의 피 같은 돈을 갖다 바쳐야 하는 일이 생길 것이오."
영파상인의 행주가 동조했다.
"맞소. 제아무리 당가라고 해도 우리의 도움 없이는 중
원에서 버틸 수가 없소이다. 우리 모두를 죽이고 휘어잡으
려 들었다가는 상계 전체의 반발을 사서 어떤 물건도 살 수
가 없게 될 것이오."
민상의 대고가 낙관적인 의견을 냈다.
"어쩌면…… 당가는 우리에게 해코지를 하려는 게 아니
라 우리와 협력하려는 것일 수도 있소. 우리가 지레 겁을
먹은 건지도 모르오이다?"

"오호라?"

다들 그럴 수도 있다는 생각이 들었다. 상계 전체를 적으로 돌리기에는 누구라도 무리가 될 수밖에 없다.

만일 사이를 돈독하게 하고자 하는 의미로 부른 거라면 상계로서는 그야말로 좋은 기회를 손에 넣는 셈이었다. 어딘가 맛이 간 듯한 행동을 하는 백리중과 사천의 패자 독룡 진자강을 사이에 두고 저울질하며 유리하게 입장을 가져갈 수도 있게 될지도 모른다.

거상들이 서로 눈짓을 주고받았다.

이 정도면 해 볼 만하다!

*   *   *

상인들의 행렬이 길게 늘어섰다.

막대한 인원이 당가대원을 찾아왔다. 호위 무사를 제외하면 대부분은 일반인들이었다.

전장의 회계, 계산원 그리고 그들을 수행하는 하인들. 짐꾼…… 숙수, 시비…… 그 외에도 창극이나 곡예 등을 하는 재주꾼들까지 민간의 이들도 다수 포함되어 있었는데, 그 수가 천 명을 넘었다.

당가대원으로 들어가는 상계의 행렬은 사천에 들어설 때

부터 북이며 나팔 소리를 시끄럽게 울려서, 누구든 한 번은 돌아보게 만들었다.

삐리리리리.

둥둥둥.

몇몇 아이들은 신이 나서 상계의 행렬을 뒤따라오기도 했다.

행렬은 자신들이 당가대원으로 간다고 일부러 사방팔방에 알리고 있는 꼴이었다.

만약의 경우 이들의 구명줄이 되어 줄 수도 있는 노릇이다.

상인들은 수레에 가득 예물까지 싣고 당가의 앞까지 도달했다. 재주꾼들이 나팔을 불며 시끄럽게 자신들이 왔음을 알렸다.

그러나 아무도 나오지 않았다.

삐리리리.

둥둥…….

"……."

행렬에서 나온 길잡이가 당가대원의 정문으로 가 소리쳤다.

"계시오!"

"……."

"게 아무도 없소이까!"

행상생고들은 마음을 다잡았다.

당가에서 기세 싸움을 걸어오고 있다.

그것은 오히려 반길 만한 일이었다. 기세 싸움을 한다는 건 협상의 여지가 있을 때 하는 일이지, 적어도 죽이려고 부를 때 하는 일은 아니기 때문이다.

무거운 분위기 속에 한참 만에야 당가대원에서 사람이 나왔다.

청수한 얼굴에 말쑥하게 옷을 입은 젊은 청년이었다.

키가 크거나 커다란 체격을 가진 것도 아니었다.

위압감도 크게 느껴지지 않았다. 피부가 유난히 희고 맑아서 여인보다 더 매끄러워 보인다는 것이 좀 특이할 뿐이었다.

청년은 녹빛 허리띠와 건으로 당가 특유의 복장을 하고 담담한 표정을 한 채 상인들의 행렬을 쓱 훑어보았다.

상인들이 데려온 인원들은 당가대원 앞을 꽉 메우듯 몰려 있었다. 그런데도 아직 행렬은 끝이 나지 않고 길게 이어져 있다.

청년이 빤히 바라보기만 하고 말을 하지 않아 상인들은 매우 불편했다.

아니, 마중을 나왔으면 가타부타 뭐라고 말이 있어야 하지 않는가.

게다가 혼자 나온 걸로 보면 일개 문지기 같지는 않고…….

삐리리.

둥둥둥…….

청년이 요란하게 나팔을 불고 있는 이들을 쳐다보았다.

"남의 집 앞에서 시끄럽게 뭐 하는 겁니까."

시건방진 말투!

조용하게 한마디를 내뱉었는데, 천 명이 넘는 이들의 귀에 그 말이 모두 똑똑히 들렸다. 특히나 나팔수와 고수들은 귀에서 천둥이 치는 듯한 착각까지 느꼈다.

"……."

"……."

나팔수와 고수들은 놀라서 연주를 멈추었다. 나팔 소리와 북소리가 일거에 사라졌다.

그제야 모두가 깨달았다.

청년이 누군지 알았다.

독룡이다.

독룡을 직접 본 사람이 없기에 알아보지 못했지만, 느껴지는 분위기는 분명 그러했다.

무인답지 않은 여린 외모.

그러나 보이는 외모와 달리 무수한 사람을 죽인 살인귀.

운남 독문을 비롯해서 삼룡사봉의 후기지수들, 제갈가, 현교의 교주…… 사파의 벽력대제…… 그리고 절대의 고수 대불 범본에 이르기까지 내로라하는 강자들을 전부 쓰러뜨려 온 강호 최고 수준의 고수.

일부러 위압적인 기세를 뿜어내는 것도 아닌데, 청년이 독룡이라는 걸 안 때부터 모두의 입이 바싹바싹 말라 왔다.

가만히 한 명 한 명 돌아보는데, 빤히 바라보는 눈빛에 소름이 끼쳤다. 눈을 마주칠 수가 없었다. 공포감이 감돌았다.

진자강은 일각이 넘도록 아무 말도 하지 않았다. 침묵이 더욱 무서웠다.

상인들은 이를 악물었다. 말 한 마디 하지 않는 것만으로 기세에서 밀리고 있다. 이래서는 안 된다.

휘주상방의 나이 든 고두가 앞으로 나서서 침착하게 말했다.

"안녕하시오. 우리는 가주의 서신을 받고 어음의 결제를 위해 왔소."

그러자 진자강은 당연하다는 듯 포권하여 인사하고 팔을 들어 안쪽을 가리켰다.

"어서 오십시오. 기다리고 있었습니다. 들어오시죠."

그것은 그냥 평범하게 손님을 맞이하는 모습이어서 상인들은 순간 어리둥절할 정도였다. 자신들이 혹시 착각한 것인가 하는 생각까지 했다.

그러나 눈치 빠른 몇몇 이들은 이미 진자강의 행동에 대한 의미를 알아챘다.

무례하게 굴지 않으면, 나도 당신들에게 예를 지키겠다.

상대의 행동을 고스란히 돌려주는 것.

눈치 빠른 이들은 독룡의 그런 성격이 진작에 알려져 있었다는 걸 새삼 기억해 냈다.

상대가 예로 대하면 자신도 예로 대한다는 건, 반대로 상대가 해를 끼쳤을 경우에도 똑같이 한다는 뜻이 아닌가!

조금 전 행렬이 시끄럽게 굴었을 때 침묵으로 응대했던 것처럼.

그리고 그것은······.

상인들이 했던 행동을 알고 있다면 절대로 그들을 용서하지 않을 거라는 의미이기도 한 것이다!

진자강의 원칙.

아무리 하찮은 자라도, 무공과 신분의 고하도 상관없이 죽인다.

무공을 모른다고 해서 진자강이 봐줄 거라는 생각은 오산이다.

상계 최고의 거물이었던 왕연도 무공을 모르는 일반인이었지만 그 역시 진자강의 손에 죽었다.

그런데 자신들을 일반인이라고 봐줄 것인가?

절대 그럴 리 없다.

만난 지 고작 이각여가 되었을 뿐인데 천 명이 넘는 이들이 진자강에게 압도되어 있었다.

강우상방의 방주가 가장 크게 겁을 먹었다.

질질 끌리는 비단 장포를 말아 올리면서 주춤주춤 뒤로 물러섰다.

"나, 나는 절대로 저 안에 들어가지 않을 게야."

진자강이 강우상방의 방주를 쳐다보았다.

"돈 받으러 오셨잖습니까."

"돼, 됐소. 내게는 그리 큰돈도 아니니 받은 셈 치겠소."

"어디서 오셨지요?"

"가, 강우상방의……."

강우상방이면 무당파와 더불어 장강검문과도 긴밀하게

행동하던 상방이다. 무당파는 강우상방을 크게 믿고 있었다.

그런데 이들까지도 다 한통속이었다.

해월 진인이 그 행적이 모두 드러나 도강언에서 외로이 싸우다가 죽은 것도 어쩌면 이자 때문이었을 터.

진자강의 눈썹이 치켜 올라갔다.

진자강이 이를 꾹 깨물고 말했다.

"내가 강도입니까?"

칼만 안 들었지 칼 든 강도보다 더 무서운 사람이다. 하지만 그런 말은 아무도 할 수 없었다.

강우상방의 방주가 진자강의 표정을 보고 얼굴에 비굴한 웃음을 띠었다.

그러나 진자강은 분노를 억누르고 딱 잘라 말했다.

"내가 해결할 문제가 아니니 가주 대행과 얘기하는 게 좋겠습니다. 우선 각 상방의 책임자분들 먼저 들어가십시오."

당가의 시비가 나와서 거상들을 안내했다.

거상들은 지옥으로 끌려 들어가는 것처럼 줄줄이 안으로 들어갔다.

진자강은 그들이 모두 들어갈 때까지 뒷모습을 지켜보았다.

　　　　　＊　　　　＊　　　　＊

　당하란과 마주한 거상들은 열댓 명이었다. 그들에게는 매우 다행스럽게도 진자강은 자리에 함께하지 않았다. 당가의 문사들 몇이 나와 있을 뿐이었다.

　당하란을 대하는 것은 진자강보다는 훨씬 나았다. 약간 눈매가 매섭긴 해도 선이 가느다란 여인이라 왠지 마음이 놓였다.

　"먼 길 오셨습니다."

　당하란의 예의 바른 인사에 거상들은 안도했다.

　당하란이 문사를 시켜 어음들과 장부를 탁자 위에 늘어놓도록 했다. 크고 작은 어음들이 차곡차곡 쌓였다.

　"저희가 어음들을 가지고 있는데, 쉽게 처리를 하지 못하고 있던 중이었습니다. 마침 기한이 된 어음들이 적지 않으니 정산을 위해 굳이 이 자리로 모셨습니다."

　거상들이 서로를 쳐다보았다.

　정말로 정산만을 위해서 부른 것인가?

　당하란이 물었다.

　"하실 말씀이라도 있으십니까?"

　거상들이 휘주상방의 고두에게 눈짓을 보냈다. 휘주상방의 고두가 대표로 나섰다.

"우선 늦었지만 가주 대행이 되신 것을 축하드리겠소이다."

당하란이 작은 미소를 지으며 인사를 받았다.

"감사합니다."

휘주상방의 고두는 괜히 나이를 먹은 게 아니라는 듯, 얘기를 이어 갔다.

"여기 처음 올 때에는 말이 통하지 않는 분일까 걱정하였는데, 직접 가주 대행을 뵈니 말이 통하는 분이라는 생각이 들어 다행입니다."

"말이 통하여 문제를 해결할 수 있다면, 그보다 더 좋은 경우는 없겠지요."

말이 통하지 않으면 죽인다는 뜻인가? 거상들은 긴장했다.

휘주상방의 고두가 밀리지 않고 직접적으로 말했다.

"빙빙 둘러말하지 않겠소. 단도직입적으로, 이 어음은 어떻게 손에 넣으신 것이외까?"

당하란의 눈이 가늘어졌다.

"어음의 출처가 상관이 있습니까?"

거상들은 바짝 신경이 곤두섰다. 물러설 수 없다. 목숨줄은 저쪽의 손에 달려 있으나 명분은 이쪽에 있다.

"실례가 될지 모르나, 가주 대행께서 보유한 어음들은 적법하게 발행되었고 왕 대인이 소유하고 있었소이다. 한데 지금은 가주 대행의 앞에 있으니, 이유가 궁금하구려."

"어음은 양도가 가능하고, 이유와 관계없이 남표와 여표가 맞으면 지불하여야 한다고 알고 있습니다."

"맞소. 하나 이 큰 금액을 무상으로 양도했다는 일은 있을 수 없을 터. 그럴 리는 없겠지만, 만일, 불법적으로 손에 넣은 어음이라면 그것을 거래하는 것은 상도에 어긋나는 터. 본인들은 부득이하게 여기서 거래를 중단할 수밖에 없음을 양해 부탁드리오."

반 협박에 가까운 어조였다.

어떻게 돈을 지불하려는지 모르겠지만 당장에야 상인들이 당가에서 돈을 받아 가더라도, 최종적으로 정산을 마치면 당가가 훨씬 더 큰 이익을 보게 된다. 그러므로 거래가 중단되면 결국은 당가의 손해다.

게다가 어음의 관계가 크고 작은 상단에 복잡하게 얽혀 있어서 차례차례 정산하지 않으면 상계는 큰 혼란을 겪게 된다. 그것은 결국 불법적으로 어음을 강탈해 간 당가의 책임으로 고스란히 남게 될 터였다.

이것이 거상들이 쥐고 있던 한 수였다. 당가의 손에 휘둘리지 않고 오히려 자신들이 주도권을 잡기 위한!

지금이 승부처였다. 지금 물러서면 명분도 챙기지 못하고 죽는다. 하나 명분이 없이는 자신들에게서 한 푼도 받아

낼 수 없을 것이다. 상계 전체를 적으로 돌리는 위험을 감수하거나, 거상들의 주도에 따라 이득을 얻거나. 당하란은 양자택일을 하여야 한다.

그러나 당하란은 여유 있는 표정으로 되물었다.

"그 이유야말로 제가 궁금하군요. 불법적인 방법이란 게 어떤 의미입니까?"

태호상방의 복고가 옆에서 말을 강조하여 고두에게 힘을 보탰다.

"어음은 현금과 똑같은 가치를 지니는 것입니다. 사람을 죽이고 빼앗는다거나 하면…… 하면 그것은 도적질을 한 것과도 같소. 도적질로 얻은 어음의 효력을 인정할 수 없다는 뜻이오."

왕연을 죽이고 빼앗은 것이 아니냐고 대놓고 말했다.

당하란이 고개를 끄덕였다.

흠칫.

거상들은 순간 어깨가 움츠러들었다. 저 고갯짓이 어떤 의미인지 생각하느라 머리가 바빠졌다.

당하란이 요요(嫋嫋)하게 보이는 가느다란 미소를 지으며 말했다.

"강호에서는 사람을 죽이고 돈을 가져가는 데에, 강탈 외에 한 가지의 정당한 이유가 더 있습니다. 그 이유가 무엇인지 혹시 아십니까?"

사람을 죽이고 돈을 가져가는 데 이유가 있다고?

거상들은 배에 힘을 주고 억지웃음을 지었다.

"사람을 죽이고 돈을 가져가는 데에 어찌 정당한 이유가 있다는 것이외까?"

"당가의 가주 대행이 사리 판단이 명확하고 공사의 구분이 뚜렷하다고 하더니 우리가 잘못 생각……!"

당하란의 얼굴에서 웃음기가 사라졌다. 거상들은 분위기가 갑자기 차가워져서 말을 끝맺지 못하고 얼버무렸다.

당하란이 싸늘하게 거상들을 바라보며 말했다.

"그것은 내 남편이 혈채(血債)로 받아 온 어음입니다."

거상들은 온몸의 털이 곤두섰다. 소름이 끼쳐서 목이며 팔에 닭살이 우둘투둘 돋았다.

혈채!

강호에서 복수만큼, 원수에 대한 혈채만큼 중요하고 최우선으로 꼽히는 명분이 어디 있는가.

"그, 그건……."

뭐라고 대꾸는 해야 하겠는데 말이 떠오르지 않았다. 갑자기 한 대 맞아서 머리가 어지러운 것 같은 기분이 들었다.

상상도 못 했다.

혈채라니!

섬서상방의 대복고가 말을 짜내어 억지로 말했다.

"우리는 민간의 상인들이외다! 우리가 강호와 무슨 상관이 있어서……!"

순간 당하란이 벌떡 일어서며 탁자를 손바닥으로 쳤다.

콰— 앙!

탁자의 네 다리가 순식간에 부러지며 탁자의 상판이 박살 나 바닥에 처박혔다. 어음과 장부들이 옆으로 와르르 쏟아졌다.

거상들은 얼어붙었다.

저 하얗고 가느다란 손가락이 어른의 손 한 뼘만큼이나 두꺼운 탁자를 일격에 부수었다!

당하란이 눈가에 살기까지 품고 서릿발이 날리도록 차가운 목소리로 말했다.

"그래서, 민간의 상인들이 관계도 없는 강호를 난장으로 만들고 이득을 취하려 하였습니까? 오도절명단을 빼돌리고 무림 문파에 반란을 일으키도록 부추겼습니까?"

상계가 주범이라는 것을 알게 된 이후, 모든 의문이 풀렸다.

상계의 유통망을 이용해 운반한 오도절명단이 빼돌려진 것도, 상계를 통해 들여온 재료들로 말미암아 오도절명단

의 유사 독이 만들어진 것도, 그것들이 상계의 인맥을 통해
각 문파의 반란 주동자들에게 전해진 것도.

"⋯⋯."

"⋯⋯."

거상들은 오금이 저려 제대로 말도 하지 못하였다.

"그, 그, 그것은 저⋯⋯⋯."

독을 풀고 반란을 선동한 것이 상계다!

만일 그 사실이 알려진다면, 오도절명단을 만든 당가도
곤혹을 치르겠지만 상계도 분노한 무림 문파들에 의해 살
아남을 수가 없게 될 터였다.

거상들은 진땀이 났다.

독룡보다는 나을 거라고 생각한 게 실수였다.

당하란은 여걸이다. 게다가 당가에서 왕연과 자신들이
벌인 계획을 모두 알고 있는 최악의 상황이었다.

이 자리에서 죽느냐 마느냐의 문제를 넘어서 가족, 친지
들까지 모조리 죽게 생겼다. 눈이 돌아간 무림인들이 무슨
짓을 벌일지 가늠하기 어려웠다.

거상들은 서로 눈치를 주고받았다.

거래를 하다 보면 상계에서도 온갖 일들이 생기고, 때로
는 상대가 내놓은 수에 밀려 어쩔 수 없이 밑지고 들어가는
경우가 있기 마련이다.

"허어."

휘주상방의 고두가 크게 탄식하며 이길 수 없다는 듯 고개를 내젓곤 넌지시 말했다.

"이거 가주 대행께 한 수 배웠구려. 졌습니다. 우리의 수가 얕았음을 인정하겠소이다."

고두의 말을 시작으로 다른 거상들도 어색하게나마 웃었다.

"허허허, 이거야 원. 어르는 수완이 대단하시오. 여기 있는 우리도 산전수전 다 겪은 사람들이지만 가주 대행의 수완에는 크게 감탄하였소."

"젊은 나이에 가주 대행이라는 중책을 맡으신 게 우연이 아니었던가 봅니다."

"곧 정식 가주의 자리에 오르시게 되면, 사천 당문이 중원을 호령할 날도 머지않겠군요."

덕담까지 했다. 민상의 대고가 은근히 중재자처럼 말을 하며 상황을 수습하려 했다.

"자자, 처음 거래를 하는 좋은 날인데 분위기가 너무 어색합니다. 줄 거 주고, 받을 거 받고 그러면 서로 깔끔하게 끝날 일 아닙니까. 가주 대행께서도 기분을 가라앉히시고, 또 여러 행상생고 분들도 여기 계신 가주 대행을 위해 준비해 온 보따리들을 풀어놓아 보시지요."

거상들이 하하하 웃으며 화기애애하게 말했다.

"저희가 가주 대행을 위해 유명한 연주자들과 극단을 데려왔습니다."

"당문에서 굳이 신경 쓰지 않으시도록, 각 지방에서 내로라하는 숙수들과 신선한 요리 재료도 모조리 가져왔지요. 그들을 불러 잔칫상을 차리도록 하고 저희가 준비한 예물을 받아 주십시오. 분명히 흡족하실 것입니다."

그때 진자강이 들어왔다.

거상들이 흠칫했다. 그러나 애써 태연한 투로 말했다.

"마침 잘되었구료. 대협께서도 함께 즐기시……."

진자강은 거상들의 말에 신경도 쓰지 않고 당하란에게 말했다.

"전부 돌려보냈습니다."

당하란이 고개를 끄덕였다.

"수고하였어요."

거상들이 어리둥절해했다.

"전부 돌려보냈다니…… 그게 무슨……."

당하란은 거상들을 쳐다보았다.

"대표들께서 데려온 악단과 숙수들. 그리고 예물을 실은 수레들 말입니다."

거상들은 말문이 막혔다.

"아니, 그들을 왜 돌려보내는⋯⋯."

당하란이 떨어진 어음들을 가리켰다.

"챙겨 드리십시오."

뒤에 시립해 있던 문사들이 떨어진 어음들을 끈으로 묶어 묶음으로 만들었다. 그러곤 궤를 가져와 묶은 어음들을 넣고는 거상들의 앞에 내려다 놓았다.

거상들은 당황해서 눈만 끔벅거렸다.

이게 무슨 의미인가?

"갑자기 왜 이러시는 겁니까?"

"아직 정산이 아무것도 되지 않은 상태 아닙니까."

당하란이 단호하게 말했다.

"가져가세요. 이 어음들이 잘못되면 민간에 폐를 끼칠까 본 가에서 수습하려 하였거늘. 감히 본 가가 어쭙잖은 수작으로 이득이나 보려 한다 생각하였습니까?"

"허허, 오해가 있는 모양인데 그게 아니고⋯⋯."

거상들의 항변에도 당하란은 가차 없이 말을 잘랐다.

"이 어음의 정산에서 본 가는 손을 떼겠습니다. 상계의 어음이니 알아서 가져가 처리하십시오."

거상들은 어안이 벙벙해졌다.

"⋯⋯."

어음이 담긴 궤를 내려다보았다.

이것은 황금 알을 낳는 상자다. 아무 노력도 할 필요가 없다. 돈만 주고받아도 막대한 이익이 남는다.

그런데 이걸 그냥 포기하고 돌려준다고?

……왜?

욕심이 난다. 이 중에 한 명만 책임지고 이 어음들을 처리하면 순식간에 자산이 불어날 것이다.

그러나 문득.

거상들은 벼락을 맞은 듯 정신이 번쩍 들었다.

어음에 담긴 뜻을 눈치챘다.

이 어음이 무엇인가.

독룡이 혈채로 받아 온 어음이다.

혈채로 받아 온 어음을 가져간다는 건, 혈채에 대한 대가를 대신 치러야 한다는 것!

이건 황금 알을 낳는 상자가 아니라, 독이 든 상자였다.

건드리는 순간, 독룡의 혈채를 갚아야 한다.

민상의 대고가 사람 좋은 웃음을 지으며 말했다.

"허허, 또 왜 그러십니까. 이미 명확하게 정산을 하기로 얘기가 끝난 것 아닙니까. 혹시 아직 기분이 풀리지 않으셨다면……."

그러나 그들을 바라보는 당하란의 눈빛은 냉정했다.

꿀꺽.

거상들은 목이 타서 연신 침을 삼켰다.

강우상방의 방주가 손가락을 펼치며 소리쳤다.

"삼 할!"

거상들이 눈을 휘둥그레 뜨고 방주를 쳐다보았다. 강우상방의 방주는 아까부터 평정을 유지하지 못하고 있었다. 해월 진인의 뜻을 이은 진자강이 강우상방을 어떻게 보고 있는지 안다. 당가를 상대로 더 이상 말도 섞고 싶지 않았다. 아니, 아예 이곳에 있고 싶지도 않았다.

"가지고 계신 어음을 삼 할! 삼 할 할인해 드리겠습니다!"

거래 당사자가 아니라 제삼자가 지급 기한까지의 이자를 제하고 미리 어음을 사들이는 것이 어음 할인이다. 그런데 지금은 그런 뜻이 아니라, 거꾸로 받을 돈에서 삼 할을 깎아 주겠다는 뜻이다.

수십만 냥의 어음이었다. 거기서 삼 할을 제하면 남는 돈만도 십수만 냥이 될 터였다. 그것은 고스란히 당가의 수익이 된다. 요즘처럼 재정 사정이 어려운 때에 십수만 냥의 돈은 당가에 큰 보탬이 될 것임에 분명했다.

하지만 당하란의 표정은 조금도 변하지 않았다. 당하란이 다시 한번 강조했다.

"가져가시라고 말씀드렸습니다."

가져가면 죽는다.

독이 든 상자를 왜 가져가겠는가!

괜히 어음이 정상이니 불법이니 따지며 주도권을 가지려다가 쪽박을 차게 생겼다. 거상들은 이제 주도권이고 뭐고, 흥정이고 뭐고 어음을 가져가지 않기 위해 최선을 다해야 하는 처지가 되어 버렸다.

자신들이 돈을 받으러 온 것인데, 제발 돈을 받아 달라고 사정해야 하는 모순적인 상황이었다.

당하란이 문사들에게 말했다.

"손님들 가신다고 합니다."

문사들이 대신 궤를 짊어졌다. 다른 상인이 급하게 제시했다.

"오 할! 오 할 받겠습니다!"

진자강이 상인들을 노려보았다. 어서 가지고 꺼지라는 무언의 압박처럼 느껴졌다.

"저는 육 할, 육 할을 할인해 드리겠소이다."

그럼에도 불구하고 당하란과 진자강의 표정은 여전히 싸늘하기만 하였다.

육 할이면 거의 공짜나 다름없다. 그런데도 당하란은 수락하지 않았다.

너무 지독하지 않은가! 후려쳐도 이렇게까지 후려치는 건 상도에도 어긋나는 법이다.

하나 속으로는 울분이 차올라도 따질 수는 없었다. 아니, 울분도 생각나지 않았다. 그저 이 자리에서 살아남아야 한다는 생각뿐이다.

옆에서 다른 이가 외쳤다.

"팔 할……, 아니 구 할!"

당하란과 진자강의 눈빛을 보면 있던 생각도 달아날 지경이었다.

휘주상방의 고두가 품에서 글씨를 꺼내어 펼쳤다.

촤악.

견리사의, 네 글자가 쓰인 종이를 앞에 펼쳐 두고는 그 자리에서 무릎을 꿇었다.

침통한 목소리로, 고두가 말했다.

"이익보다 의로움을 먼저 생각하라. 저희의 행태가 괘씸하다 느껴지실 수도 있으나, 저희의 아래에는 수천수만 명의 식솔들이 딸려 있습니다……. 상업이 무너지면 죄 없는 민간인들이 고초를 겪고 생활이 곤궁해집니다……. 그리하면 길거리에는 헐벗은 자들이 늘어날 것이며 시정(市井)에는 굶주린 자들만이 가득하게 될 것입니다. 부디 바라옵건대……."

거상들이 털썩털썩 차례로 무릎을 꿇었다. 상황이 만만하지 않다는 걸 깨달았다.

고두가 엎드려 고개를 조아리며 떨리는 목소리로 말했다.

"저희의 욕심으로 벌어진 일들을, 저희가 수습하여 죄를 갚을 수 있도록…… 기회를 주십시오……."

절절하기까지 한 부탁이었다.

돈이 통하지 않는다면, 거상들이 할 수 있는 건 애걸뿐이었다.

"속죄할 수 있도록 한 번만 기회를 주십시오!"

"제발 부탁드립니다!"

지켜보던 진자강이 손을 휘저었다. 바닥에 놓여 있던 종이가 진자강의 손으로 가볍게 날아왔다.

진자강은 글자를 읽으며 말했다.

"본래의 글귀는 견리사의 견위수명(見利思義 見危授命). 이로움을 보았을 때에는 정의를 생각하고, 위태로움을 보면 목숨을 바쳐라, 라는 뜻입니다."

진자강이 종이를 거상들에게 집어 던졌다. 종이가 갈기 갈기 찢겨 허공에서 흩날렸다.

좌악!

"당신들에게는 견리사의를 들먹일 자격이 없습니다."

진자강이 살기 어린 눈빛으로 이를 씹었다.

"착각하고 있는 모양인데, 당신들의 부채는 없다고 생각하는 것입니까?"

거상들이 눈을 크게 떴다.

진자강이 말했다.

"아귀왕은, 당신들의 앞에 있는 어음들을 불살라 민생을 도탄에 빠뜨리겠다 협박하였습니다. 당신들도 자신이 살기 위해 당신들에게 얽힌 수많은 이들의 생활을 인질로 삼았습니다. 그러면서 그들을 생각해서라도 자신을 살려 달라고 부탁하고 있습니다."

진자강은 자신들도 책임을 물어 죽일 생각이다!

그렇다면 눈앞에 있는 어음. 그것이 자신들의 목숨에 대한 목숨값이 될 수도 있다.

한 명이 급하게 궤에서 자신들의 상방과 관계된 어음을 꺼냈다. 자신이 가지고 있던 남표 어음과 짝을 맞추어 그 자리에서 찢어 버렸다.

그것을 본 다른 이들도 똑같이 행동했다. 여기저기에서 어음을 찢었다. 당가에서 받아야 할 돈이 적힌 어음은 두고 자신들이 받아야 할 돈에 관계된 어음만 찢었다.

그러곤 고개를 조아렸다.

"부디!"

"제발 목숨만 살려 주십시오! 제발!"

덜덜덜덜.

거상들은 떨고 있었다.

왜 독룡이란 말만 들으면 무림인들이 치를 떠는지, 강호에서 독룡이 왜 공포의 대상인지.

이제 알 수 있었다.

한 치도 흔들리지 않는 진자강의 저 신념.

그 신념에 마주할 만큼의 신념이 없으면 진자강을 당해 낼 수 없다. 작은 꾀와 이득을 앞세워서는 진자강의 신념을 바꿀 수 없다.

사실은, 그래서였다.

돈으로 해결할 수 없는 세상이 두려워서 강호 무림을 돈으로 장악하려 하였다. 그리하면 세상에 무서울 것이 없게 될 것이었다.

그러나 결국은 금력이 통하지 않는 이를 만나 모든 일이 수포로 돌아가고 만 것이다.

왜 왕연이 대불 범본을 젖히고 금강천검 백리중을 진자강의 상대로 점찍었는가.

범본으로서는 진자강의 신념에 상대하기에 부족해서였다.

백리중만이 진자강의 신념을 능가할 만큼의 탐욕을 갖고 있기 때문이었다.

진자강의 엄책(嚴責)에 휘주상방의 고두가 떨면서 물었다.

"알려 주시오······. 우리가······ 우리가 무엇을 하면 되겠소이까······."

*　　　*　　　*

상인들이 떠났다.

그들의 축 처진 뒷모습을 보고 있던 진자강에게 당하란이 물었다.

"괜찮겠어?"

"괜찮지 않습니다."

진자강이 미묘한 표정을 지었다.

"저들의 욕심이, 저들의 아래에서 일하는 자들의 욕심이, 또 그들의 이익에 부합한 강호의 욕심이······ 모든 것이 어우러져 지금의 사태를 만들었습니다. 그 모두가 나의 원수입니다. 평생에 걸쳐서라도 그들을 찾아가 죽일 생각이었습니다."

"솔직히 말할게. 당신이 하루에 백 명씩을 죽인다고 해도 평생 원하는 만큼 죽일 수는 없을 거야. 오히려 당신에게 복수하겠다는 이들 때문에 죽여야 할 숫자는 점점 늘어날걸?"

"그렇습니다. 현실적으로 할 수 있는 복수의 한계점은

아귀왕을 죽이는 순간까지였습니다. 그러나 단 한 명이라도 자신에게 내 복수의 칼날이 닿지 않았다고 기뻐하는 자가 있다면, 배가 아플 것 같습니다."

당하란이 웃음을 터뜨렸다.

"맞아. 당신은 그런 사람이지. 마땅히 치러야 할 대가를 치르지 않은 자가 좋아하는 꼴을 참지 못해."

진자강도 당하란을 돌아보며 어렴풋이 미소를 지었다.

"그래서 지금부터는 내게 남겨진 과제를 통해 해결하려 합니다."

진자강은 해월 진인의 의지를 이었다. 그것이 진자강의 과제다.

진자강이 이제 거의 보이지 않는 상인들 쪽을 응시하며 말을 이었다.

"금강천검은 궁지에 몰렸습니다. 소림사가 대불이 죽은 후 동력을 잃고 멈춤으로 인해 정의회 역시 흐지부지되었습니다. 오도 가도 못 할 상황을 타개하기 위해 무림대회를 열었지만, 그것도 본인 스스로가 엉망으로 만들어 버렸지요."

"금강천검은 미쳤어. 당신을 무림공적으로 만들기 위해 각 문파의 최고수들을 모조리 학살하다니."

"그래서 은거한 겁니다. 강호에서 자신을 무림맹주로 추대하는 흐름을 만들어 안 좋은 소문을 덮을 생각입니다. 그러고 나면 무림맹주에 오르는 데 한결 수월해질 테니까."

"그럼 이제 당신은 어떻게 할 건지 알려 줘."

"인은 사태께서 내게 물으신 적이 있습니다. 내가 복수하고자 하는 대상이 개인인가, 집단인가, 제도인가."

당하란도 알고 있는 얘기였다.

"당신의 답은 제도였지. 제도가 사람을 바꾼다고 했던 걸로 기억해."

"하지만 제도를 바꾼다고 해도 여전히 바뀌지 않을 사람들이 있을 겁니다. 그리고, 금강천검이 그들을 규합하여 다시 한번 도약하려 할 겁니다."

진자강의 눈빛이 강렬해졌다.

"그 때에 내게 빚을 진 자들, 상계와 강호는 내게 증명해 보여야 할 겁니다. 증명하지 못한 자들은 제아무리 오랜 세월이 걸리더라도 모두 죽이겠습니다. 저들이 오늘 이곳에서 살아 나갈 수 있던 것도, 오직 그 하나의 이유였습니다."

당하란이 진자강의 손을 꼭 잡았다.

그리고 조용히 말했다.

"제발 그 전에 증명했으면 좋겠어. 나는 당신이 계속 옆에 있었으면 하니까."

                    *   *   *

 거상들은 제대로 걷지도 못했다.

 돌아가는 내내 아무도 말을 하지 않았다.

 떨림이 멈추지 않았다.

 독룡으로부터 죽음을 선고받은 그 느낌은 아마 죽어서도
잊지 못할 것이다.

    오늘은 본 가의 가주 대행으로부터 초대를 받고
    온 것이니 살려 드리겠습니다. 그러나 다음번에 나
    를 만날 때엔 지금과는 다를 겁니다.

 그러곤 이들을 보내 주었다.

 거상들은 진자강의 마지막 말이 계속 뇌리를 맴돌아, 그
때마다 몸서리를 쳤다.

 기실, 진자강은 자신들을 그 자리에서 죽일 수도 있었다.
그러나 굳이 살려 주었다.

 "가주 대행이 초대했다는 이유만으로?"

 사천을 거의 지났을 때 즈음에야 거상 중 한 명이 중얼거
렸다.

 "왜 우릴 죽이지 않았지. 언제든 우리를 죽일 수 있다는

자신감인가."

다른 이가 혼잣말로 응대하듯 말했다.

"아니, 나라면 그냥 그 자리에서 죽였을걸. 한 달이나 일 년 뒤에 죽는 독 같은 걸 먹였어도 되잖아. 그런데 그러지 않았네. 나중에 전 중원을 돌아다니면서 우리를 일일이 찾아 죽인다고? 그런 귀찮은 일을 한다고?"

잠시의 침묵이 지난 후에, 누군가 힘주어 말했다.

"천하의 독룡이라도 우릴 건드릴 수는 없었던 게야. 우릴 건드리고 뒷감당을 할 자신이 없어서 어음 지급을 없던 일로 하곤 그냥 보내 준 거지!"

그러나 말하고 나서는 본인도 이상했는지 금세 입을 다물었다.

이상하다. 생각할수록 이상하다.

심지어…….

"왜 독룡은 우리에게 아무것도 요구하지 않았지? 당가조차도? 처음부터 어음의 할인에 대해서는 한 마디도 하지 않았다네. 전부 우리 입에서 나온 얘길세."

거상들이 이해할 수 없는 얼굴로 서로를 돌아보았다.

백리중은 이들을 돕는 대가로 많은 돈을 요구했다. 백리중뿐만 아니라 다른 문파들도 마찬가지다. 거래를 위해 좋은 얼굴을 하곤 뒤로는 협박하는 일도 부지기수였다.

"아니면…… 처음부터……."

정말로 손익에는 관여하지 않고 어음을 처리하기 위해 자신들을 불렀던 것인가.

거상들로서는 이해하기 어려운 일이지만, 이미 당하란의 체제하에서 당가는 손익을 따지지 않고 같은 일을 한 적이 있었다.

일전에 현교와 북천이 소금을 두고 싸웠을 때, 백리중이 민간을 위한다는 명분을 내세우는 바람에 당가는 소실된 소금의 비용을 전액 대신 지불했다.

그 때문에 지금 당가의 재정이 악화되어 허덕대게 된 것이다.

"……."

거상들은 생각이 많아졌다. 복잡하진 않았다.

단 한 가지만 인정한다면 된다.

독룡이 생각처럼 피에 미친 살인귀가 아니라, 절차적 명분을 중요시하는 똑바른 자라는 점.

그것만 인정하면 지금의 모든 의문이 풀린다.

당가에서 이들을 죽이지 않은 이유도 설명된다. 정신이 올바로 박힌 자라면 자신의 집에 손님으로 부른 자를 해코지하지는 않으니까.

백리중과는 달리.

"어쩌면……."

휘주상방의 고두가 말했다.

"대살성 독룡은, 다시 없는 강호의 의인(義人)인지도 모르겠군."

사람을 많이 죽인 자를 단순하게 악인이라고만은 할 수 없다. 한 명을 죽여도 자신의 이익과 쾌락을 위한 것이라면 악인이요, 대의를 위한 것이라면 의인이다.

거상들은 저도 모르게 고개를 끄덕였다가 자신들도 휘주상방의 고두처럼 생각하고 있다는 사실에 깜짝 놀랐다.

그러나, 그것을 인정하게 되면 오히려 생각은 더욱 복잡해지게 된다.

자신들의 앞날에 대한 두려움은 물론이고 백리중과의 관계, 그리고 강호 무림 문파들과의 관계까지…….

수습해야 할 부분이 한두 가지가 아니었다.

"어쩌면."

고두의 말투를 빌려서 강우상방의 방주가 말했다.

"어쩌면 우린 그 자리에서 죽는 것이 더 나았을지도 모르겠습니다……."

거상들이 죄다 쓴웃음을 지었다.

본래 일을 벌이는 것보다 수습하는 게 어렵다지 않은가. 죽는 것보다도 더 힘든 일들이 남아 있을지도 모른다.

그나마 다행인 것은, 이들이 한 가지 믿는 것은 진자강이 혈채로 받아 온 어음들을 자신들이 가져오지 않았다는 것이었다. 그것마저 되가져 왔으면 왕연이 가지고 있던 과거의 혈채까지 옴팡 뒤집어쓸 뻔했다.

만일 진자강이 절차를 중시하는 자라면, 적어도 거상들이 진 부채 그 이상으로 받으려 하지는 않을 테니까 말이다.

거상들은 고민했다.

살아남기 위해서는 앞으로 어떻게 하여야 하는가…….

*   *   *

강호에 희한한 흐름이 생겨났다.

악록산의 사건으로 당가까지 가게 되었던 무인들이 자파로 돌아가면서부터였다. 그중에는 일반 무인들은 물론 정의회 소속도 상당수 섞여 있었다.

그들은 자신들이 악록산에서 겪은 것과 당가에서 보고들은 것을 자파에 전했다. 대부분은 믿지 못했다.

그들의 말을 빌리자면, 백리가의 살육은 독룡이 아니라 금강천검 백리중이 벌인 일이 되는 것이었다.

말도 안 되는 일이었다. 독룡 한 명을 무림공적으로 만들기 위해 그런 짓을 저질렀다는 건.

그런 짓을 저지르지 않아도 이미 독룡은 강호에서 거의 공적에 가까운 대우를 받는 상태가 아닌가. 한데 구태여 그렇게까지 해야 했다는 건 스스로의 인망과 덕으로 무림맹주에 오를 자신이 없다는 뜻이기도 했다.

그들의 증언을 모두 믿을 수는 없었다. 그러나 상인들이 당가를 찾아간 사실과 돈황에서 진자강이 벌인 일까지 은밀히 알려지면서 강호의 분위기는 사뭇 달라졌다.

아직은 금강천검을 믿고 싶어하는 이들이 많았다. 그러나 진자강을 믿고 싶어하는 이들도 생겼다.

금강천검의 은거가 진심인지 아닌지를 확인하는 일은 쉬웠다.

행동하지 않고 기다리면 된다.

하다못해 적극적으로 나서지 않더라도, 진자강이 움직이기 전까지 사태를 관망하며 추이를 지켜보는 것만으로도 진실을 파악할 수 있게 되리라.

*　　　*　　　*

백리중은 허기로 인해 초조한 한편으로 느긋한 태도를 유지하고 있었다.

기다리기만 하면 독룡은 강호의 무림공적이 되고 자신은

무림맹주가 된다. 이후에 눈엣가시 같은 독룡과 사천을 쓸어버리면 끝나는 것이다.

독룡은 죽이면 자신은 얼마나 강해질까. 그것을 생각하는 것만으로도 자꾸만 허기가 져서 참을 수가 없었다.

그러나 돌아가는 상황은 딱히 마음에 들지 않았다.

"보고하라."

백리가의 무사가 긴장한 채 답했다.

"아비앵화단은 소림사에 상당수가 잡혀간 데다 구심점이던 망 고문이 죽어 와해된 상태라, 예전처럼 모으기는 어려울 듯합니다."

"정의회는?"

"저……."

무사가 어려워하며 말했다.

"악록산 이후 뿔뿔이 흩어지고…… 저…… 결정적으로 그들을 총괄하던 담당자가 없어서……."

악록산에서 백리중의 모습을 본 정의회 무사들은 백리가에서 기를 쓰고 잡아 죽였다. 그들의 입을 막기 위해서였다.

다른 곳에서 포위망을 펼치고 있다가 이리저리 싸우면서 죽은 이들도 부지기수. 또 일부는 진자강에게 휩쓸려서 같은 편과 싸우다가 달아나기도 했다.

그러다 보니 실질적으로 움직일 수 있는 정의회 무사들의 수는 확 줄었다.

설상가상으로, 정의회를 총괄하던 백리중의 군사들이 한순간에 죽어 없어져 인계를 받지 못하고 엉망이 되어 있었다…….

백리중의 표정이 계속해서 찡그려지자 무사가 땀을 뻘뻘흘렸다.

사람들이 백리중을 무림맹주로 추대하도록 만들려면 앞서서 행동할 자들이 필요했다. 그런데 그 일을 할 자들이 남아 있지 않은 것이다.

백리중은 내뱉듯이 말했다.

"일전에 상계가 도움을 주기로 하였으니 그쪽의 인맥을 이용하라 이르지 않았느냐."

상계의 인맥을 이용해서 백리중을 무림맹주로 추대할 사람들을 모아 달라는 요청이다.

무사는 얼굴까지 땀으로 흥건해졌다.

"그, 그게 저…….."

백리중의 눈썹이 치켜 올라갔다.

"한 번만 더 더듬으면 죽이겠다."

무사가 침을 삼키며 빠르게 말했다.

"상계의 반응이 좀 이상합니다."

"무어라?"

"자꾸만 말을 바꾸고 있습니다. 바빠서 윗사람에게 보고를 못 했다든지…… 깜박 잊었다든지…… 하면서 미루고 있습니다."

백리중의 입술이 비틀렸다.

"건방진 것들이 주제를 모르고……. 일전에 한 약속을 지키지 않고 눈치를 본다 이건가?"

백리중이 손바닥으로 자신의 허벅지를 쳤다.

타악!

"내버려 두고 본가의 사람들을 써라! 어차피 독룡은 이미 무림의 공적! 내가 없이는 오래 버티지 못한다. 강호든 상계든 조만간 내 앞에 무릎을 꿇고 맹주가 되어 달라 간청하게 될 것이다!"

"예!"

백리중의 명령은 즉시 백리가의 가주에게 하달되었다.

백리가의 가주는 가문의 전 인원을 동원했다.

온갖 인맥을 통해 사람을 모았다. 그러곤 독룡이 세력을 모아 중원으로 들어오기 전에 하루라도 빨리 무림총연맹을 재건하여야 한다고 사람들을 설득했다. 백리중의 역할을 강조하며 그를 무림맹주로 추대하지 않으면 강호에 대살육이 시작될 거라 위기감을 퍼뜨렸다.

하지만 강호의 반응은 미적지근했다.

중원 전역에 인맥을 갖고 있는 상계의 도움 없이 백리가의 인원만으로 분위기를 조성하는 것은 매우 느리고 힘들었다. 다수의 무인들이 백리가에 적극적으로 협력하는 것조차 꺼려 하고 있었다.

第四章

풍운재자(風雲才子)

　당가대원에 청성파의 복천 도장과 몸을 의탁하고 있던 인은 사태가 찾아왔다.

　진자강이 두 사람을 맞이했다.

　꺄아 꺄아. 백원도 달려와 인은 사태의 옆에 쪼그리고 앉았다. 인은 사태가 백원의 머리를 쓰다듬었다. 백원이 기분 좋은 투로 머리를 인은 사태의 손바닥에 비벼 댔다. 진자강을 대할 때와 사뭇 다른 태도였다.

　진자강은 슬쩍 웃었을 뿐 백원을 나무라지 않았다.

　차가 나오고 복천 도장이 최근 백리가에서 동분서주하고 있다는 말을 전했다.

"요즘은 대놓고 금강천검을 무림총연맹으로 밀어야 하지 않느냐고 말하고 다닌다더군. 자신의 얼굴에 자신이 금칠을 하다니 부끄럽지도 않은가. 이제야말로 그자의 속셈이 만천하에 드러난 것이지."

단령경이 코웃음을 쳤다.

"그런 부끄러움을 알 정도로 순수한 자가 아닙니다."

"물론 아직 강호의 오 할은 관망하는 축에 속하고 삼 할은 금강천검을 밀고 있소. 하나 이 할은 독룡을 믿어 보자는 쪽으로 돌아서고 있으며 일부는 독룡을 무림맹주로 추대하자는 말까지 나오고 있다는 것이오. 과거에 비하면 상전벽해(桑田碧海)라 할 수 있지."

그러나 진자강은 자신을 무림맹주로 밀고 있다는 얘기가 나와도 반응을 보이지 않았다.

복천 도장이 물었다.

"자네는 공명심도 없는가? 무림맹주를 길가의 돌멩이보다 못한 투로 보니 내가 다 머쓱해지는군."

"그러는 도장께서도 청성파의 정식 장문 자리를 고사하고 계시지 않습니까."

"나는 장문의 자격이 없네."

복천 도장이 창문을 눈짓으로 가리켰다. 창밖에서 운정과 소소가 나란히 앉아 놀고 있었다.

"제자를 내보낼 사람이 청성파를 이끌 지도자가 될 순 없지."

인은 사태가 미소를 지으며 말했다.

"지금이 전부라 생각하는 젊은이들의 만남 대부분은 한 때에 불과하기도 하고, 여러 번 만남과 아픈 이별을 겪으며 정신적으로 신체적으로도 성숙해져 가는 것이지요."

인은 사태의 말이 마음에 들지 않았는지 복천 도장이 운정을 두둔했다.

"내 제자는 나를 닮아서 우직하게 한 곳만 보는 성격이외다."

"하지만 저 아이 또래의 소녀들의 방심은 여리고 여린 버드나무 가지와도 같아서 작은 바람에도 마음이 흔들리는 법입니다."

내가 어떻다고 자신할 게 아니라 상대를 먼저 생각하라는 따끔한 일침이었다.

복천 도장은 할 말이 없어져서 헛기침 소리를 냈다.

"흠흠, 도사의 입장으로 고명한 비구니와 남녀 간의 연정에 대해 담론을 나누는 것은 매우 적절하지 못한 일인 듯하외다."

"저는 그리 생각하지 않사옵니다. 희로애락도, 남녀상열도 모두 사람에게 주어진 자연의 이치일진대 감추고 애써 말하지 않는 것이 더욱 이상하지 않겠습니까?"

인은 사태가 말을 이었다.

"세상사가 그러하듯 남녀 간의 연정도 굴곡이 있으며 늘 실패할 수 있음을 알아야 합니다."

"사태께서는 지금보다 더 좋은 사람을 만나기 위해 만남과 이별을 거듭하며 노력하라는 뜻이오?"

복천 도장의 말에 인은 사태가 웃으며 고개를 저었다.

"아닙니다. 과거의 경험을 통해 현재의 인연을 소중히 지켜 가도록 노력하라는 뜻입니다."

복천 도장이 항복했다.

"내가 졌소. 사태는 언제쯤 아미산으로 돌아갈 예정이시 외까."

"너무하시는군요. 이제 조금 정을 붙일 만하였더니 축객 령이옵니까?"

"거 남들이 들으면 오해……, 아니외다. 더 말하지 않겠소."

인은 사태가 눈을 흘겼다. 복천 도장이 고개를 절레절레 내저었다.

단령경이 복천 도장을 구원하듯 인은 사태에게 물었다.

"사태는 어찌하여 아미파로 돌아가지 않고 있습니까? 몸도 상당히 회복된 듯 보이니 쉽게 반대파를 장악할 수 있어 보입니다."

인은 사태는 같은 여인마저 홀릴 듯한 눈웃음을 흘렸다.

"주제를 모르고 날뛰는 것들은 뜨거운 불맛을 보아야 제 정신을 차리는 법이지요. 아미산을 제 것인 양하고 있는 것들더러 잠시간 마음껏 해 보라 내버려 두려 합니다."

단령경이 인은 사태에게서 눈을 돌려 진자강 쪽을 쳐다 보며 웃었다.

"글쎄. 사태는 자신의 손을 더럽히지 않고 남의 손을 빌리겠다는 말처럼 들립니다."

"독룡 시주는 소승에게 많은 빚이 있지요."

인은 사태가 입을 가리고 웃었다.

복천 도장이 조금 이해하지 못한 채로 말했다.

"내가 청성에서 내려온 것은 지금이 금강천검을 치기에 가장 적기라 생각하여서일세. 현재 금강천검의 세력은 그를 지지하는 화산파 등의 일부 문파와 백리가뿐이지."

인은 사태가 말했다.

"백리중의 세력이 역대 최약으로 떨어져 있는 상태라는 건 누구도 부인하지 못합니다. 그러나 독룡 시주가 생각하는 시점과는 다를 듯하군요."

"지금보다 더 최악의 상황을 만들겠다?"

복천 도장이 의구심을 갖고 진자강을 보았다.

"정말 그러한가?"

"사태의 말씀대로 지금은 제가 원하는 시기가 아닙니다."

"혹시나 섣불리 건드렸다가 결집의 계기가 될까 우려하는 건가? 그러나 그만한 위험을 감수하지 않을 수는 없다네. 금강천검도 지금쯤 자신의 행적이 들켜 초조해하고 있을 걸세. 충분히 위험을 감수할 만하네."

"백리중은 이미 뇌부의 겁살마신에게 잡아먹혔습니다. 그는 더 이상 과거의 금강천검이 아닙니다. 초조해할수록 이득을 챙기지 못하게 되어 더 날뛸 겁니다."

진자강이 작은 상자를 꺼내어 열었다.

길이가 한 뼘밖에 되지 않는 반 토막이 난 단검.

그리고 거기에 새겨진 경문들.

"파사고검!"

일전에 현교의 교주 마제를 쓰러뜨리고 받아 왔다고 들었다.

복천 도장이 불안해하는 눈으로 진자강을 보았다.

"그것으로 무얼 하려는 건가?"

진자강이 답했다.

"금강천검을 구심으로 죽어야 할 자와…… 살아야 할 자를, 가르겠습니다."

인은 사태가 눈웃음을 쳤다.

"과연, 역시나 그럴 거라 생각하였다네. 아미산의 하잘 것없는 것들도 곧 마지막 시험에 들게 되겠군."

단령경도 마찬가지로 생각했다. 해월 진인의 뜻을 이었으니 이대로 백리중을 죽이는 것으로 끝나지 않으리라.

하나 복천 도장은 탄식했다.

"그런 짓을 했다간 자네는 끝까지 대살성의 길을 벗어나지 못할 것이야."

"상관없습니다."

진자강이 파사고검을 들고 말했다.

"아마 그때는 내게 욕을 할 사람도 남아 있지 않을 겁니다."

＊　　　＊　　　＊

백리가는 안달이 났다.

아무리 무림맹주를 백리중으로 세우자 떠들고 다녀도 너무 호응이 적었다. 이대로라면 계획의 마지막을 이루지 못하고 흐지부지될 수도 있었다.

"무림총연맹을 재건하는 데 대한 반응이 부정적입니다. 만일 그에 들어간 자금의 회수가 어렵게 되면 본 가는…… 끝장입니다."

무사가 백리중에게 보고했다.

상인들에게서 막대한 자금을 투자받고 차용하기도 했다. 회수가 안 되면 백리가는 빚더미에 앉게 된다.

백리중의 고개가 삐딱하게 누였다.

"상인들에게 요구한 돈은?"

"보낸다는 날짜도 계속 늦고 심지어 금액도 우리가 요구한 것보다 더 적습니다."

그르르르. 백리중의 목구멍에서 야수의 울음소리가 울렸다.

무사가 깜짝 놀라 움츠러들었다.

"상인들에게 협박을 하든 강탈해 오든 해서 돈을 받아내. 그리고 우리를 따르는 문파에 그 돈을 준다고 해라. 돈을 더 뿌려."

백리중은 곰곰이 생각하곤 말했다.

"아니, 잠깐. 그것만으로는 한계가 있다. 나를 따름으로써 독룡에게 죽을까 봐, 겁쟁이들은 그게 두려운 게야. 나를 따르면 득보다 실이 크다고 셈을 한 게지."

그래서 이득에는 반드시 상응하는 반대의 징벌이 있어야 했다. 징벌이냐 이득이냐, 둘 중에 하나의 선택을 주어야 당연히 이득을 선택하지 않겠는가.

"하지만 사람이란 게 이득만 안겨 준다고 하면 건방지게 기어오르거든.”

그런 면에서 무력적인 징벌 역할을 하던 소림사가 움츠러든 것은 계획에 매우 큰 차질을 주었다.

백리중이 고심하고 있을 때.

이상한 소문이 돌았다.

독룡이 마교의 성물인 파사고검을 가지고 있다!

마제를 죽이며 파사고검을 얻었다는 얘기는 일전에도 다 알려져 있었다. 파사고검으로 현교의 교도들을 물려 냈다는 것도 유명한 얘기였다.

진자강이 현교의 성물인 파사고검을 가지고 있다는 건, 달리 말해서 현교가 강호로 진출하기 위해 진자강을 넘어야 한다는 뜻이기도 했다.

진자강이 현교로부터 강호를 지키는 둑 역할을 하고 있다는 것이니, 적일 때는 몰라도 아군으로서는 얼마나 든든한가.

그런데 백리중은 이미 알려질 만큼 알려져 있던 그 소문을 듣고 웃음이 났다.

이 상황을 타개할 묘책이 생각났다.

“하늘이 나를 돕는구나.”

백리중은 상복을 벗어 던지고 즉시 산을 내려왔다.

그리고 새로운 소문을 냈다.

독룡이 스스로 마교 교주로 등극하여 강호를 손에 넣으려 한다!

그것을 명분으로 강호를 지키기 위해 산을 내려온 것으로 하였다.

백리중은 상계를 직접 찾아갔다. 스스로 낸 소문을 명분으로 삼아 거침없이 행동했다.

"강호를 지키기 위한 일에 협력하지 않는 걸 보니 당신은 독룡과 한패가 아닌가. 네가 바로 마교의 주구로구나."

마음에 안 들면 그 자리에서 죽여 버리고 가족을 인질로 삼았다. 상인들 중에 가족과 가주를 잃은 자들이 속출했다. 상계는 백리중에 의해 공포에 떨게 되었다.

소문의 확산 속도가 빨라졌다.

진자강이 현교로부터 강호를 지키는 게 아니라 스스로 현교의 교주에 오르겠고 한다는 소문은 쉬이 받아들이기 어려운 것이었다. 강호에서 다들 어리둥절해하는 동안, 끔찍한 혈사가 벌어지기 시작했다.

하루아침에 문파 하나가 녹아 버렸다.

심한 독이 살포되어 장원은 함부로 접근하기 어려운 독장이 되었다.

한두 곳이 아니라 여러 곳에서 계속해서 피해가 생겨났다.

강호의 문파들은 엄청난 피해를 입고 큰 혼란에 빠졌다.

이에 백리중이 강호에 자각을 촉구했다.

협의불원 사마멸진(俠義不遠 邪魔滅盡)!

강호평평 태도관청(江湖平平 太道貫靑)!

협과 의는 먼 곳에 있지 않으니 우리의 의협심만이 사마외도의 무리를 멸할 수 있을 것이며, 나아가 강호를 평안케 하고 천하에 정의를 퍼뜨리리라!

풍운재자여! 어지러운 세상에 스스로의 곤란함을 무릅쓰고 나서는 이야말로 진실된 영웅이니.

일어나라. 강호의 대위기를 맞이하여 우리의 협의를 세상에 떨치겠노라!

*　　　　*　　　　*

당가대원의 무사가 당하란과 진자강, 그리고 당가의 수뇌들에게 보고했다.

당하란이 물었다.

"결과가 나왔습니까?"

"네!"

독으로 멸문당한 문파에 사람을 보내 독을 채취하여 오게 한 것이다.

"무슨 독이죠?"

"오도절명단을 주독으로 한 온갖 잡독이었습니다! 조악해서 실로 한심하기 짝이 없는 독들까지 무차별로 살포되어 있었습니다."

그러나 조악한 독이라도 대량으로 퍼부으면 어쨌거나 지독한 독장을 형성하게 되어 중간급의 무인들도 버티기 어려운 곳이 된다.

무사의 말에 당하란이 수뇌들을 돌아보았다.

당가의 수뇌들이 고개를 끄덕였다.

"상계가 백리중의 손에 넘어갔군."

"백리중이 직접 손을 쓰고 다니는가 보오."

상계에서 가지고 있던 독이 백리중에게로 간 것이다. 하나 그것도 모두 진자강의 예측에 포함되어 있었다.

파사고검에 대한 소문은 진자강이 냈다.

그러나 그 소문을 과장시켜 퍼뜨린 건 백리중이다. 그에 동조하는 자들이 마침내 빌미를 잡았다고 신나게 소문을 확산시킬 것이다.

그리고 마침내 진자강과의 결전을 맞이하여 강호의 집단 행동을 촉구하기까지 하였다.

혼란스러운 때였다.

스스로 자정이 되지 않았다.

해월 진인이 말한 것처럼, 온전한 체계를 가지고 있다면 한두 명이 날뛴다고 휩쓸릴 강호가 아니었다. 강호의 자정 체계는 오래전부터 망가져 있었다.

독으로 멸화를 입는 문파가 계속 늘어가면서 진자강에 대한 의심도 커지고, 백리중에게 가담하는 문파들도 다시 늘고 있었다.

아예 손을 떼거나, 아니면 가담하거나.

시대가 더 이상 중간을 허락하지 않았다.

당하란이 진자강을 쳐다보았다.

"어때?"

진자강이 파사고검을 손으로 쓰다듬으며 답했다.

"최고입니다."

*　　*　　*

진자강은 당가대원에서 움직이지 않았다. 그러나 강호에

는 진자강이 강호 문파들을 멸문시키며 돌아다니고 있다고 알려졌다.

한편, 백리중은 상계의 도움을 얻으면서 쾌속하게 일을 진행시켜 나갔다.

백리중이 은거를 깨고 나온 것도, 상계를 헤집으며 상인들을 해치고 다니는 소문도 모두 무시할 정도의 속도전이었다.

필요 없는 자들은 가차 없이 쳐 냈다. 고민할 틈을 주지 않겠다는 백리중의 생각이 그대로 행동에 드러났다.

"더는 기다리지 않겠다. 내게 필요한 시기는 내가 만들어 간다."

백리중은 마교라는 전가의 보도를 휘두르며 강호를 누볐다. 낮에는 마교에 대항하는 협사로, 밤에는 독룡으로 행세하며 자신의 뜻에 대항하는 문파를 멸문시키고 다녔다.

그리고 겉으로나마, 혹은 강제적으로 자신을 지지하는 문파들이 늘었다 싶자 방향을 거대 문파와 무림 세가 쪽으로 틀었다. 연이은 피해로 고수들을 잃고 전력이 줄었지만, 그래도 아직은 강호에서 그들의 입김은 무시할 수 없었다.

그중에서 백리중이 가장 먼저 찾아간 곳은 무당파였다. 인근에서 자신에게 협력하기로 한 문파의 무인들을 전부 데리고 무당산을 올랐다.

해검지에서 무당파 도사들이 백리중과 무인들을 막아섰다.

칼자루의 끝에 흰 깃을 매달아 상례(喪禮)를 치르고 있음을 표하고 있다. 무당파의 장문인인 옥로선인이 백리장으로 갔다가 돌아오지 못한 때문이다.

백리중의 시선이 대놓고 흰 깃을 향하자 무당파 도사들의 눈빛이 일그러졌다.

중년의 도사가 백리중을 가리키며 소리쳐 물었다.

"백리 대협은 비명에 간 이들을 추모하며 은거한 것으로 알고 있었는데, 본 파에는 어인 일이시오!"

백리중이 즉답했다.

"강호에 대살성이 나타났는데 어찌 나 혼자 유유자적(悠悠自適)하니 음풍농월(吟風弄月)로 세월을 흘려보낼 수 있겠소이까."

중년의 도사가 호통을 쳤다.

"말을 이상하게 하지 마시오! 죽은 이들을 기리라 하였지 누가 음풍농월을 하라 하였소!"

백리중은 조금도 주눅 들거나 부끄러워하지 않았다. 오히려 무당파 도사들을 향하여 더 큰 소리로 꾸짖듯이 말했다.

"무당파의 옥로선인께서도 악적의 손에 횡사하셨거늘,

무당파는 어찌하여 아무런 조치도 취하지 않아서 악적이 활개 치도록 내버려 둔단 말이외까!"

마치 당금 강호의 혈사가 무당파의 탓인 듯 교묘한 말투였다.

무당파 도사들의 미간에 주름이 생겨났다.

"우리도 충분히 상황을 인지하고 있소. 하나 백리가의 장원을 독장으로 만든 것이, 지금 강호에 생겨난 수많은 독장이 과연 독룡의 행동이 맞는지에 대해 조사 중이외다. 명확한 결과가 나올 때까지는 행동하지 않겠다는 것이 본 파의 방침이오."

백리중의 목소리가 갑자기 낮아졌다. 백리중의 눈빛이 싸늘해졌다.

"독룡이 아니면. 본인이 그런 짓을 억지로 꾸며 내기라도 했단 말인가?"

"그야 조사가 끝나기 전까지는 알 수 없는 일! 그러니 본파의 방침을 아셨다면 그만 내려가시오."

백리중의 눈이 번뜩였다.

"그렇게는 안 되지. 악적의 편에 하나라도 더 서게 되면 우리 협의지사들의 피해가 커진단 말이야."

백리중의 말투가 바뀌자 무당파 도사들이 험악한 얼굴로 칼자루를 흔들었다.

"우리가 당신의 편에 서지 않는다고 어찌하여 당가의 편에 섰다 단정한단 말인가!"

백리중이 내공을 끌어 올리며 소리쳐 꾸짖었다.

"해월이란 천하의 대역무도한 악당을 배출하였으면 창피함에 고개를 숙이고 태도관청에 앞장서도 모자랄 것을! 해월의 뒤를 따라 강호에 칼을 겨누려 하는가!"

무당파 도사들도 내공을 끌어 올렸다.

"본 파에 결코 좋은 뜻으로 찾아오지 않았음을 알겠구나."

"어디 나부랭이들을 모조리 끌고 와서는 우리를 구경거리로 만들다니. 우리가 겁을 먹고 봉문이라도 하기를 바라는 것인가?"

"봉문?"

백리중이 살기등등하게 웃었다.

"봉문 같은 건 지금의 순간을 모면했다가 뒤통수를 치겠다는 생각인 게지."

"무엇이?"

무당파 도사들의 얼굴에 노기가 떠올랐다.

"해도 되는 말이 있고 안 되는 말이 있소. 지금 백리 대협은 도를 넘었소이다."

"우리 무당파를 한 입으로 두말이나 하는 소인 잡배들의 무리로 만든 것이오!"

백리중이 손바닥을 펼쳐서 앞으로 내보였다.

"그런 소리를 듣지 않을 수 있는 방법은 오직 하나. 본인과 함께 독룡을 치고 스스로의 결백을 증명하는 길밖에."

무당파 도사들은 물러서지 않았다.

"경고하겠소. 돌아가시오. 귀하와는 할 말이 없소이다."

돌연 백리중이 한 손을 당겨서 배 아래에서 기운을 모았다.

구우우욱!

백리중의 옷이 순식간에 부풀었다.

무당파 도사들은 백리중의 공격 의도를 읽고 바로 검을 뽑아냈다. 한 명이 바로 백리중을 향해 쇄도했다.

"무례한 자! 여기가 어디라고 감히!"

백리중은 맨손으로 무당파 도사의 검을 후려쳤다. 검기가 솟아 있던 검이 사기그릇처럼 깨져 나갔다.

무당파 도사의 눈이 크게 휘둥그레졌다.

장문인 옥로선인을 몰아붙였다는 소식은 들었으나 얼마나 내공이 심후하기에 검기를 맨손으로 쳐서 깨뜨린단 말인가!

"이, 이건……!"

검기가 깨지면서 내공으로 연결되어 있던 기혈이 뒤흔들렸다. 백리중이 도사의 배를 걷어찼다. 코와 입에서 피가 뿜어지며 도사의 몸이 공중으로 떠올랐다.

다른 도사가 앞선 이를 돕기 위해 뛰어올랐다.

백리중이 배 아래 모았던 손을 내밀어 손바닥을 펼쳤다.

굉가부곡장!

콰아아!

무당파 도사 둘이 굉가부곡장의 장력에 쓸려 나갔다. 뒤쪽에 있던 무당파 도사들도 급히 몸을 피했다.

굉가부곡장에 전신이 쓸린 도사는 너덜너덜해졌고, 뒤따라 뛰어오른 도사는 상체가 너덜너덜해져서 바람에 휘말린 낙엽처럼 바닥을 굴렀다. 주인을 잃은 검이 바닥에 튕겨 날아갔다.

"사제!"

무당파 도사들이 격노했다.

백리중은 표정 하나 변하지 않고 광오한 표정으로 그들을 오시했다.

"권주를 마다하고 벌주를 택하겠다면 마땅히 그리해 주리라."

*　　　*　　　*

무당파가 백리중에 의해 막대한 피해를 입고 봉문하였다.

가장 큰 걸림돌이던 무당파를 처리함으로써 백리중의 행보는 더욱 가속이 붙었다.

형산파도 백리중에게 감정이 좋지 않은 문파 중 하나였고, 형산파 역시 백리중의 방문을 받았다. 형산파도 상당수의 전력을 잃고 거의 봉문에 가까운 상태가 되었다.

아미파는 반란을 일으킨 여승들이 장악했으나 아직 인은 사태가 살아 있어 백리중의 편에 붙었다.

많은 고수들이 죽은 탓에 검후가 남아 있는 남해검문은 전력을 고스란히 보유한 몇 안 되는 문파였다. 백리중과 인연이 닿지 않아 잡음이 있었으나, 이번에는 백리중으로부터 타 문파보다도 더 특별한 조건의 우대를 약속받았다. 남해검문이 새로이 구대문파에 합류했다.

백리중은 협력을 거부한 기존의 문파들을 독룡의 편으로 간주하여 재기불능이 될 만큼 때려 부수고, 새로 가담하는 문파에는 기존 문파가 가지고 있던 이권을 넘겨주기로 하였다.

화산파가 나서서 적극적으로 타 문파들을 설득했다. 이에 진자강에게 사문의 고수들을 잃은 종남파, 공동파 등이 가세하기로 결정했다. 곤륜파 등의 기존 문파는 백리중에 대한 지지를 철회했다. 백리중은 그들 대신 천인문, 건곤문 등의 신진 세력을 구대문파의 범주에 넣었다.

무림세가에서는 남궁가가 백리중에게 가담했다. 아미파처럼 검왕이 돌아오기 전에 남궁가를 장악하려는 반란자들이 결정한 행동이었다. 제갈가와 안씨 의가는 전력의 대부분을 잃어 배제되었고, 사마가와 위지가, 혁련가 등의 가문이 새로이 팔대무림세가로서 백리중에 합류하였다.

면목상으로나마 구대문파와 팔대무림세가의 자리가 완성되었다. 기존에 있던 문파와 세가는 반 정도밖에 참여하지 않았으나 백리중이 임의로 구대문파의 명칭을 계승했다고 해서 따질 만한 이도 없었다. 아니, 백리중의 기세가 너무나 광폭하여 섣불리 따지기도 어려웠다.

기호지세(騎虎之勢)에 오른 백리중은 이제 자신에 대해 험담하는 자가 있으면 본보기로 죽이기도 했다. 함부로 자신에 대해 나쁜 말을 하지 못하도록 만들었다.

그러나 그것은 대부분 백리중에 반대하는 입장에 있는 자들을 말살하기 위한 명분으로 쓰였다.

"해월. 그대는 세상을 바꾸지 못했지만, 나는 당신이 하지 못한 일을 해내었다. 이것이 그 첫걸음이다."

백리중은 강호에 포고할 글을 작성하고 마지막으로 직인을 찍었다.

진작 이렇게 했으면 간단했을 일을.

왜 그리 빙빙 돌아왔던가.

그때는 지금만큼의 이 힘이 없었기 때문이다.

전신을 휘몰아치는 노도와 같은 내공이 없었으므로, 타인의 힘을 빌리지 않으면 대업을 성사할 수 없었으므로 빙빙 돌아갈 수밖에 없었던 것이다.

해월처럼 이러니저러니 해 봐야 약자의 변명일 뿐.

이제 자신은 그리하지 않아도 된다.

*　　　*　　　*

백리중은 스스로 무림맹주의 자리에 올라 무림총연맹의 창설을 공식적으로 강호에 선포했다.

그리고 설립의 날, 첫 행사로 독룡의 척살을 기치에 올리기로 하였다.

새로운 무림총연맹 전체의 적으로 사천 당가도 아닌 진자강 개인을 꼽은 것이다.

*　　　*　　　*

당가대원에는 진자강과 접촉하기 위한 서신과 사자들이 수도 없이 몰려와 있었다.

백리중이 기존의 세력들을 뭉개고 무림총연맹의 창설을 공포하였으니, 더 이상 그를 견제하고 막을 세력이 없었다. 구주육천으로 축약되었던 세력들은 모두 날아갔다. 누군가 나서서 남은 이들을 규합해 대항해 나가야 할 것이었다.

그리고 그게 진자강이, 사천 당가가 되어야만 백리중의 독주를 막을 수 있을 터였다.

하여 진자강을 대항 세력의 수장으로 옹립하려는 이들도 많았다.

그러나 진자강은 그들에게 아무런 확답도 해답도 주지 않았다.

실망한 일부는 백리중에게 돌아섰고 나머지는 그래도 진자강이 움직일 거라 믿고 기다렸다. 만일 이대로 무림총연맹이 발족하게 되면 그에 반대한 자들이 얼마나 탄압받게 될지는 뻔했다.

당가대원으로 쉴 새 없이 실시간으로 정보가 들어왔다.

당가의 모든 이들이 머리를 맞대고 회의실에 모였다.

들어오는 정보들을 토대로 무림총연맹의 설립식에 모일 인원들의 수를 헤아렸다. 염왕 당청이 알려 준 대로 물자와 돈의 흐름을 추적했다. 강서성 남창의 무림총연맹에서 준비하고 있는 식자재의 양만 보아도 어느 정도인지 추정할 수 있었다.

그런데.

"최소한으로 잡아도 움직일 인원이 오만 명…….'

당가의 수뇌들과 독문 사벌은 정리된 숫자를 듣고 신음성을 냈다.

"아무리 그래도 오만 명이라니. 그렇게나 많은 수가 백리중을 지지한단 말인가."

"백리중의 과감한 행동이 강호에 답답하게 막혀 있던 줄기를 뚫었습니다. 백리중의 행보에 후련함을 느껴 가담한 자들이 생각보다 컸다고 합니다."

"너무 많군요. 게다가 아직 한 달 반이나 남았습니다. 참여하는 숫자가 더 늘어날 수도 있습니다."

오만 명이 사천으로 오면 당가도 버티지 못한다. 청성파까지 순식간에 쓸릴 것이다.

자리에 함께 참여한 단령경이나 복천 도장, 인은 사태도 쉽게 조언하지 못하고 혀를 내둘렀다.

"그나마 십만 명까지 모일 것이 오만 명이 되었다고 한다면 그것만으로도 성과를 본 셈이오. 하나 오만 명의 인원은 여전히 너무 많소."

"새 무림총연맹의 본단이 기존보다 더 크게 증축되었다는데, 그래도 다 수용하지 못할 정도의 인원입니다."

오랜만에 한자리에 있게 된 편복이 진자강에게 물었다.

"독룡. 자네가 원하는 대로 한자리에 저들이 모이게 되었네. 그리고 자네는 저들을 원래 계획대로 도려낼 생각인가?"

다들 진자강을 쳐다보았다.

진자강이 답했다.

"제 생각에는 조금도 변함이 없습니다."

복천 도장의 제자로 회의에 참여한 운정도 놀라서 말했다.

"원시천존! 오만 명을 죽인다는 건…… 설사 독룡 도우가 할 수 있다고 쳐도 인륜을 벗어난 행동이에요!"

"숫자는 중요하지 않습니다."

진자강이 조용히 답했다.

"죽어야 할 자들이 죽을 뿐입니다."

죽어야 할 자가 죽는다.

복천 도장은 고개를 저었다.

"그 자체로 이의를 제기할 자는 없을 걸세. 하나 현실적으로는 그럴 수가 없어. 세상사 어떤 일에든 넘지 말아야 할 선이 있는 법. 오만 명을 죽이겠다는 생각이 사람으로서의 선을 넘는 것이 아닌지 우려되네."

진자강이 말했다.

"숫자가 많다고 못 죽이고, 직위가 높은 자라 못 죽이고,

돈이 많아 못 죽이고, 딸린 식구가 많아 못 죽이고. 그건 본인들의 기준이지 내 기준이 아닙니다. 그러나 그들은 아직 죽어도 무방한 자들일 뿐이지, 죽어 마땅한 자들은 아니라고 봅니다."

죽어도 무방한 자와 죽어 마땅한 자.

미묘하게 구분이 된다.

"오만 명이 가담한 것은 맞습니다. 하지만 남창에 오만 명이 모이진 않을 겁니다."

진자강의 말에 모두가 어리둥절해했다.

"장소가 좁아서?"

"설립식에서 무림맹의 기치를 세우기로 하였는데 회합에 참가하지 않을 거라고?"

진자강이 말했다.

"아니, 한 번 더 거르겠습니다. 그리고 이번에 거르고도 남아서 남창에 모이게 된 자들, 그들은 죽어 마땅한 이들입니다. 단 한 명도 살아갈 수 없을 겁니다."

설마!

한 번 더 거르겠다는 말투에서 살의가 느껴졌다. 죽어도 무방한 자들 중에서 죽어 마땅한 자들을 거르겠다는 뜻이다.

진자강은 상대가 만반의 준비를 마치도록 내버려 두지

않는다. 본인이 직접 뚫고 들어가 빈틈을 유도하고 허점을 일으키는 방식으로 싸운다.

오만 명이 모인다고 지레 겁먹고 수비적인 생각을 한 이들과는 다르게 이번에도 여전히 같은 방식을 고수하겠다는 것이다!

선제대응.

오만 명이 한자리에 모이기 전에 친다!

자리에 있던 이들은 깨달았다.

진자강은 큰 피바람을 일으킬 셈이다.

그때까지도 어리바리하던 자들은 포기하고 숨겠지만, 그래도 끝까지 싸우겠다고 남창으로 달려가 모일 자들이 생길 것이다.

진자강이 방금 선언했다.

그들은 살려 보내지 않는다.

진자강이 손을 들어 위를 가리켰다.

"천망회회 소이불루(天網恢恢 疎而不漏). 하늘의 그물은 성긴 듯 보이나 새는 일이 없다. 그 말을 제가 증명할 생각입니다."

다른 사람도 아니고 진자강이 한 말이라 정말로 그럴 수 있겠다는 생각이 든다.

"만일 놓치게 된다면, 그래서 잔존 세력이 남아 숨어들면 길고 긴…… 지난한 싸움이 될 걸세."

"그런 일은 결코 없습니다. 하지만 이번엔 그 때문에라도 지금은 다른 이들의 힘을 빌릴 수 없습니다."

다들 깜짝 놀랐다.

"혼자서 오만 명을 다 상대하겠다는 뜻인가."

"아무리 각개 격파를 한다고 해도 그건 불가능하네!"

"아무리 힘들어도 당장에는 제가 따로 움직여야 하는 두 가지 이유가 있습니다."

진자강이 설명했다.

"첫째. 금강천검은 무림총연맹의 기치를 저와의 싸움으로 한정 지었습니다."

편복이 고개를 갸우뚱거렸다.

"하지만 자네를 상대한 후에 다음 목표가 사천이 될 거라는 건 어린아이도 알 걸세."

"그렇습니다. 그것이 그들의 명분입니다. 그 명분을 정면에서 깨뜨려야 이후의 시대에 명분을 가져올 수 있습니다."

"그건 그냥 오기일세. 싸움을 이긴 후에 고민해도 될 문제지."

"제가 떠난 사이에 비어 있는 사천을 그 명분을 내세워 밀고 들어올 이들이 생길 수 있습니다."

그럴 수 있다. 무림총연맹의 세력을 치면서 남창까지 가는 동안 남은 자들이 사천으로 돌아온다면 오히려 진자강의 행보에는 방해가 될 수도 있다.

진자강이 두 번째 이유를 꼽았다.

"둘째. 확실하게 이기기 위해서입니다."

언뜻 이해가 되지 않는 말이었다. 한 명이라도 손을 거들어도 부족할 마당에 오만 대 일이 훨씬 더 확실하게 이기는 방법이라니.

차라리 청성파와 아미파에서 나온 아미승들 그리고 산동 사파의 도움을 받는 게 골백번 생각해도 더 낫다.

그러나 그 순간 몇몇은 '아아.' 하고 탄성을 냈다. 진자강의 생각을 이해했다.

진자강에 대한 두려움은 잔인한 손속과 철두철미한 짜임새. 그리고 독룡이란 이름이 주는 압도적인 존재감에서 나온다.

진자강이 타인의 힘을 빌려 피라미 몇을 죽이는 것보다 혼자서 죽이고 다니는 것이 훨씬 더 공포의 존재로 각인되는 것이다. 공포에 질리면 몸이 움츠러들고 경직되어 제대로 싸울 수 없게 된다. 진자강이 더 많은 수를 죽이면 죽일수록 유리해지는 이유다.

당가의 장로가 의견을 말했다.

"하나 토끼몰이를 하려 해도 몰이꾼이 있어야 하외다. 혼자서 몰이까지 할 수는 없소."

진자강이 미소했다.

"몰이꾼 역할은 이미 정해져 있습니다."

대부분은 그게 누구인지 감을 잡았다.

모인 이들이 혼잣말처럼 말했다.

"토끼몰이가 끝나면……."

"그때야 우리가 할 일이 생기겠군."

그러나 그 말을 한 이들조차 어이가 없어서 웃었다. 고작해야 동원할 수 있는 수는 수백 수천 명. 그 인원으로 수만 명을 토끼몰이를 하여 잡는다는 말 자체가 상리적으로 맞지 않는 우스운 일이 아닐 수 없었다.

진자강이 웃으며 자리에서 일어섰다.

이제 떠날 준비를 할 때가 되었다.

진자강은 최후의 싸움을 위해 당가의 독을 제조하는 공방으로 향했다. 그리고 그곳에 틀어박혀 무려 칠 주야 동안 밖으로 나오지 않았다.

이레 만에 나왔을 때, 진자강의 안색은 매우 하얗고 투명해졌다. 눈에서는 간혹 청녹광(靑綠光)이 빛났다. 꽉 차다 못해 흘러넘치기 직전까지 독기로 충만했다.

그리고 당가에서 소유하고 있던 독 대부분은 사라졌다. 정제된 독과 재료들 모두가 이레 동안 소진되었다.

모두가 진자강의 변화를 궁금해하며 몰려왔다.

하나 진자강이 손을 들어 말렸다.

"죄송합니다. 아직 진정이 되지 않아 너무 가까이 오지 않으시는 게 좋겠습니다."

진자강의 무공은 최고 수준에 올랐다. 그런데도 아직 진정이 되지 않았다고 하면 얼마나 많은 독기를 흡수한 것인가!

진자강을 본 단령경은 자신도 모르게 왼손을 내려다보았다. 닭살이 돋아 있었다. 단령경뿐 아니라 인은 사태나 복천 도장도 마찬가지였다.

겉으로 드러나는 기세보다 무인 특유의 감각이 위험을 경고하고 있었다. 진자강의 숨에서조차 위험이 느껴졌다. 백원은 아예 멀찍이 떨어져 오지도 않았다.

독천이를 낳으면서 어지간한 독기를 견뎌 낼 수 있게 된 당하란조차 얼굴을 찌푸렸다. 가까이 다가오려다가 기침을 했다.

"뭘 한 거야?"

진자강이 답했다.

"독기를 조절하는 법을 익혔습니다."

풍운재자(風雲才子) 167

진자강이?

다들 어이가 없는 표정을 지었다.

"예전보다 더 조절하지 못하는 것 같은걸."

"곧 나아질 겁니다."

응애!

그 와중에 독천이가 울었다.

당하란이 독천이를 내려놓았다. 독천이 버둥거리면서 진자강에게 기어갔다.

진자강이 독천이를 안자 꺄륵거리며 좋아했다. 고사리 같은 손으로 진자강의 얼굴을 더듬거리고 만지면서 웃었다.

진자강의 독기가 공포스러운 와중에도 사람들은 독천이의 행동에 웃음을 지을 수밖에 없었다. 그러나 그 대부분은 쓴웃음이었다.

복천 도장이 말했다.

"다음 대의 천하제일 독룡은 이미 예약된 것인가."

인은 사태가 고혹적인 자태로 웃었다.

"천하제일이 될지, 아니면 이인자가 될지…… 그건 지켜봐야 하지 않을까요?"

운정이 눈을 끔벅거리면서 물었다.

"그게 무슨 뜻인가요? 설마 독룡 도우가 죽어야 일인자가 될 수 있다는 뜻인가요?"

"그게 아니라네, 도사."

인은 사태의 말에 운정이 고개를 갸웃거리는데 소소는 뺨이 빨개져 있었다.

당하란도 살짝 얼굴을 붉혔다.

"사태께서는 예전에도 그렇고, 저희보다 더 잘 아시는군요."

그제야 다들 두 사람을 축하했다.

진자강은 독천이를 안고 당가의 장인들을 찾아갔다.

장인들은 피곤이 잔뜩 밴 얼굴이었으나 눈빛이 빛나고 있었다.

장인들에게 있어 가장 큰 보람은 자신의 병기가 강호에 이름을 떨치는 것이다. 진자강의 수라경은 강호에서 모르는 사람이 없다. 진자강이 다시 그들의 병기를 사용한다면 장인들의 자부심이 고취될 것이다.

특히나 번우는 이번에도 진자강을 실망시키지 않았다.

"이제 대협께는 백사와 묵사가 필요 없소."

신 수라경 이십사 절명현이 한층 강력해졌다. 이제 한 쌍의 고리가 아니라 두 쌍의 고리로, 한쪽 손목에 두 개씩의 고리를 차게 되었다.

암기를 꽂는 가죽띠는 진자강의 몸에 한 치의 틈도 없이 딱 달라붙었다. 거기에 필요한 부분마다 용린(龍鱗)이 붙어 있어 위험한 경우 몸을 방비해 줄 수 있게 만들어졌다. 거기에 천잠사로 짠 얇고 질긴 상의를 걸치고, 수없이 많은 주머니가 숨겨진 남색 무복을 입었다.

더 이상 낫은 쓰지 않았다. 대신 파사고검을 가죽 검집에 담아 허리춤에 찔러 넣었다.

겉으로 보면 매우 가벼운 옷차림이었다.

진자강은 고생한 장인들에게 고개를 깊이 숙여 인사했다. 장인들도 허리를 굽혀 반례하였다.

진자강은 공방을 나왔다.

진자강이 아귀왕을 죽이고 돌아왔을 때처럼, 모두가 나와 진자강을 배웅했다.

오만 명을 죽이러 가는 길을 배웅하는 것이니 수백 명이나 되는 지금의 인원조차 어쩐지 조촐해 보였다.

대부분은 진자강이 죽을 일이 없다는 생각을 하고 있었다. 이미 강호에서 내로라하는 고수들은 대부분 죽었다. 이선에 있던 고수들은 백리중이 죽었다.

이제 강호에서 진자강을 유일하게 실력으로 막을 수 있는 이는 아마도 백리중뿐일 것이다. 그러나 백리중이 수천

수만 명을 칼받이로 앞세워 진자강을 상대하면 진자강이 이길 수 있는 확률은 더욱 희박해진다.

진자강은 당하란과 독천을 안았다.

"금방 돌아오겠습니다."

"거짓말."

당하란이 더 꽉 진자강을 안았다.

"무림총연맹의 설립식까지는 한 달이나 남았다고. 한 달은 있어야 볼 수 있게 되잖아."

진자강은 당하란의 머리를 쓰다듬고 독천이와는 뺨을 부볐다.

독문 사벌을 비롯해 청성파의 복천 도장과 운정, 인은 사태와 단령경도 진자강의 무운을 빌었다.

"그럼, 곧 뵙겠습니다."

진자강은 자신을 배웅하러 나온 수백 명에게 힘껏 포권을 해 보이고는 당가대원을 떠났다.

*　　　*　　　*

염왕 당청이 수십 명의 문사들과 함께 당가대원 산중의 길목에서 진자강을 기다리고 있었다.

이미 연락을 받고 기다리고 있던 차다.

당청이 히죽거리며 웃었다.

"고맙구나. 기회를 줘서."

"드러나지 않은 이가 필요해서였을 뿐입니다. 열심히 뛰셔야 할 겁니다."

"아암, 전 중원을 누벼야 하는데 열심히 뛰어야지. 내가 열심히 뛸수록 남창으로 가는 토끼들이 줄어들 것 아니더냐."

"그래야 제가 살 확률이 늘 테고 말입니다."

"네가 죽거나 살거나, 별로 관심은 없다만?"

"제가 죽는 게 아니라 독천이 아빠가 죽는 겁니다."

당청이 껄껄 웃었다.

"미친놈. 살다 살다 혼자서 오만 명을 죽이겠다고 출사표를 던지는 놈은 처음 보네."

"강호 전체를 먹으려고 했던 분도 있는데 그 정도는 약과 아닙니까?"

"어허, 그러니까 실패했지 이놈아."

당청과 진자강이 동시에 웃었다.

당청이 작은 약병 하나를 내밀었다. 물론 그것은 약이 아니라 독이 담긴 병이다.

"멀리서부터 독기를 풀풀 풍기고 오는 걸 보니 자안과 소말은 알아서 챙긴 것 같고, 멸정은 없을 테니 내 준비해 두었다. 삼대 절명독쯤은 챙겨야 당가의 사위 소리를 듣지."

"고맙습니다."

진자강은 그 자리에서 약병을 받아 바로 한입에 삼켜 버렸다.

당청은 또 낄낄댔다.

"이히히히, 무지막지한 사위 놈. 내가 이런 녀석하고 싸우려 한 것이었구나. 하지만 난 운이 좋아서 살아남았지, 지금부터 너와 싸울 녀석들은 불쌍해서 어찌할꼬?"

진자강이 답했다.

"하나도 안 불쌍합니다."

"그래서 불쌍하다는 게야. 이히히히히!"

당청의 웃음소리가 산중에 울려 퍼졌다.

이제 남은 한 달.

진자강의 마지막 싸움이 시작되었다.

第五章

독룡의 이름

　당청은 완전 무장 한 문사들을 데리고 드넓은 평야에 섰다.

　중원 중심지의 황하와 달리 인근을 흐르는 강은 맑고 깨끗하다. 발원지와 가까워서다.

　황하의 발원지라 불리는 청해.

　당청은 쉬지도 않고 사천의 위쪽, 청해까지 달려왔다.

　"청해에서 시작해 황하 이북으로 쭉 밀고 가자."

　당청의 얼굴은 그 어느 때보다도 더 밝았다. 복잡한 정세와 음모, 계략을 모두 떠나 싸움만을 생각할 수 있다는 것이 이토록 즐거운 일일 줄이야!

"이 내게도 아직 무인의 피가 끓는구면?"

당청은 머리에 시커먼 두건을 뒤집어썼다. 문사들도 모두 두건을 썼다.

당청이 길게 웃었다.

이히히히—! 이— 히히히히!

＊　　　＊　　　＊

청해의 대초원에 자리 잡은 대월파(大月派)는 근방에선 제법 이름난 문파다.

"곤륜파가 금강천검의 무림총연맹과 척을 졌습니다. 우리가 무림총연맹의 힘을 빌린다면 곤륜파를 치고 올라갈 수 있습니다. 이번이 우리에게는 다시 없을 기회입니다."

대월파도 내부 반란으로 혹독한 대가를 치렀다. 전력이 예전의 반으로 줄었다.

남은 제자들이 문주를 설득했다.

"우리는 일전에 소식을 늦게 들어 백리장에 사람을 파견하지 못하였습니다. 덕분에 전력을 보존하긴 하였으되 금강천검의 눈 밖에 난 것이 확실합니다."

"이번까지 금강천검을 따르지 않으면 어떤 불이익이 떨

어질지 모릅니다."

대월파의 문주 현의군(玄椅君)은 고심했다.

"그러나 우리 발아래 사천에서 독룡이 시퍼렇게 눈을 뜨고 있는데 그를 치겠다고 병력을 보내면, 과연 우리가 무사할 수 있겠는가."

"무림총연맹은 독룡의 척살을 제일 기치로 삼았습니다. 설립식만 끝나면 바로 독룡을 치러 갈 겁니다. 수백, 수천의 문파들을 독룡이 어쩌겠습니까?"

"솔직히 누가 무얼 했는지 전부 기억도 하지 못할 겁니다."

현의군이 고개를 가로저었다.

"독룡의 기억력은 매우 비상하고, 원한은 끝까지 잊지 않는다고 알려져 있다. 게다가 우리 청해는 현교와 가까워서……."

청해는 신강과 서장에 인접해 늘 위협을 받고 있었다. 진자강이 현교의 교주로 등극한다는 얘기가 있어서 불안하던 차였다.

현의군의 사제들이 의심의 눈초리를 했다.

"솔직히 그건 과장된 거라고 봅니다."

"현교에서 흘러나온 얘기로, 마제가 독룡을 설득해 사천에 입성하려고 했다 합니다. 그런데 독룡은 마제를 죽였죠."

"맞습니다. 현교에 관심이 있었다면 그날 당장 마제를 죽일 필요가 없었을 겁니다. 오히려 한동안 이용했을 거예요."

진자강이 현교의 교주가 되었다고 한다면 오히려 파사고검을 숨겼을 것이다. 진자강의 철저한 성격이라면 그러고도 남았다.

그것이 사실상 강호의 중론이었다.

"그래서…… 금강천검이 못 미덥다는 얘기야."

다들 현의군을 설득했다.

"사람은 못 미더워도 이익은 우릴 배신하지 않을 겁니다."

그런데 그때 갑작스레 시끄러운 소리가 들려왔다.

챙, 챙챙! 병장기 부딪치는 소리였다.

"뭐냐!"

놀란 현의군과 사제들이 번개처럼 칼을 뽑으며 소리가 들려온 쪽을 보았다.

복면을 쓰고 창을 든 자들이 대청으로 우수수 밀려들어 오고 있었다. 창에 피를 묻힌 것으로 보아 이미 문을 지키던 이들은 죽은 듯했다.

"뭐 하는 놈들이냐!"

대답은 그들의 머리 위 대들보에서 들려왔다.

"우리는 현교의 교주가 되실 분을 따르는 사도시다."

현의군과 사제들, 그리고 그들의 제자들이 크게 놀랐다.

키가 작고 복면을 한 자가 대들보에 거꾸로 매달려서 아래를 내려다보고 있었다.

"이익이 배신하지 않는다고? 아직 세상을 덜 산 놈들이구나."

복면인의 말에 현의군이 소리쳤다.

"현교의 교도들이냐!"

"어허, 현교의 교주가 되실 분을 따른다니까. 그것도 못 알아듣겠으면……."

복면인이 양손을 펼쳤다.

"그냥 죽어라."

양손의 소매에서 새하얀 독분이 쏟아졌다. 독분을 뒤집어쓴 제자 한 명이 고통스러워하며 피를 토하고 죽었다. 동시에 뒤쪽의 복면인들이 함께 공격해 왔다. 현의군과 사제들이 급하게 숨을 삼키며 물러났다.

*　　　*　　　*

"헉헉헉!"

현의군과 대월파의 제자들은 정신없이 도망쳤다. 뒤쪽 대월파의 무문에서 온갖 재물을 싸 들고 나오는 창수들의 모습이 보였다.

현의군과 대월파 제자들은 이를 갈았다. 다른 건 몰라도 독 때문에 더 싸울 수가 없었다.

"이런 개 같은 놈들. 독을 뿌리고 본 파를 약탈하다니!"

"세상이 어지러워지니 별놈들이 다 나타나 설치는구나!"

"독룡의 악명을 팔아? 도대체 독룡은 뭘 하고 있어서 저런 놈들이 자신을 사칭하고 활개 치도록 내버려 두고 있단 말이냐!"

독 때문에 싸우다가 안 되겠다 싶어 도주를 명한지라 제자들의 피해는 크지 않았지만, 자존심이 크게 상했다.

"두고 보자 이놈들. 결코 용서하지 않겠다."

현의군과 제자들은 가장 가까운 문파에 도움을 청하기 위해 달려갔다.

구무방(九楙幇). 대월파와는 협력 관계에 있었다.

구무방의 방주가 헐레벌떡 달려온 대월파를 보고 의아해했다.

"무슨 일이시오? 그렇잖아도 남창으로 함께 출발하실지 어떨지 전갈을 보내려던 중이었습니다만."

현의군이 분노하여 부르짖었다.

"본 파에 독룡의 악명을 팔아 비적(匪賊)질을 하는 놈들이 쳐들어왔소이다!"

"비적이?"

"일개 비적이 아니오. 독을 쓰고 무공을 익힌 도적놈들이외다. 상대하자면 상대할 수 있었으나 피해가 커질 것 같아, 방주께 도움을 청하러 왔소. 비적들이 본 파를 약탈하고 있으니 지금 함께 가면 그들을 잡을 수 있을 것입니다."

구무방 방주가 자신의 일처럼 화를 냈다.

"우리의 형제가 위기에 처했으니 응당 도와야 할 것입니다! 일각 안에 모두 무장을 마치고 나오너라!"

그러나 일각이 채 걸리기도 전에 구무방의 정문이 박살 났다.

콰자작!

창을 든 복면인들이었다.

가장 앞쪽에 선, 키가 작은 복면인이 외쳤다.

"이놈들! 본좌는 현교의 교주가 되실 분을 따르는 사도시다! 가진 걸 모두 놓고 달아나면 살려는 주마!"

대월파의 이들이 놀라서 눈이 휘둥그레졌다.

"어, 어떻게 벌써 여기까지!"

복면인이 대월파의 문주 현의군을 보았다.

"음? 너는 왜 여기에 있는 것이냐. 아직도 달아나질 않았어? 살고 싶지가 않은가 보구나?"

구무방의 방주가 대도를 들고 노하여 고함을 질렀다.

"한낱 도적놈들 주제에 감히 어디서 큰소리를 내느냐! 오늘이 너희들의 제삿날이 될 줄 알아라!"

복면인이 마주 외쳤다.

"우리는 현교의 교주가 되실 분을 따른다. 네놈들이 감히 그분을 거역하는 것이렷다?"

"네 이놈! 독룡은 천하의 악적이다! 곧 죽을 놈이 현교의 교주라니, 우습지도 않……."

복면인이 히죽 웃었다.

"죽어라."

복면인이 독분을 털었다. 이미 독분의 위력을 본 대월파의 현의군이 소리쳤다.

"조심하시오!"

구무방의 방주가 쌍장으로 독분을 날렸다. 동시에 복면인이 수평으로 날아와 방주의 가슴을 장으로 쳤다.

펑!

구무방의 방주는 가슴뼈가 부러지고 피를 토하며 나뒹굴었다. 대월파의 현의군이 재빨리 그를 부축했으나 곧 숨이 끊어졌다.

상상 이상의 무력에 모두의 눈이 휘둥그레졌다. 독이나 쓰는 비적 수준이 아니라 생각 이상의 강한 무공을 지니고 있었다.

피를 뒤집어쓴 복면인이 싸우다 말고 옆을 보며 반색했다. 복면인의 부하들이 구무방과 대월파의 제자들과 싸우면서도 재물을 찾아 들어내고 있었다.

"싹 쓸어!"

복면인이 즐거워하며 웃었다.

"이런 돈에 환장한……!"

"배신자들 때문에 피해만 없었어도!"

복면인이 다시 대월파 문주를 공격했다.

"네가 가진 건 모두 털었으니 넌 쓸 데도 없다. 죽어라."

점점 피해가 커지고 있어서 더 버틸 수가 없었다. 어차피 저들의 목적이 돈이라면 목숨을 걸고 싸울 필요는 없는 일이다.

"후퇴! 후퇴하라!"

대월파 문주 현의군은 훗날을 기약하며 구무방의 방도들까지 수습하여 달아났다.

*　　*　　*

당청은 무림총연맹의 편에 붙은 문파들을 골라서 습격했다. 적당히 싸워 쫓아내고는 재물을 약탈했다.

청해의 문파들은 정신없이 밀려났다. 대부분이 소형 문

파이고 문파 내의 반란 등으로 복구조차 되지 않은 상황인지라 멀쩡한 상태로 대응할 수가 없었다. 실력에도 차이가 커서 버티는 것도 불가능했다. 다 죽인다고 하면 어차피 뒤가 없으니 끝까지 싸울 텐데, 저들의 목적이 재물이라 사람 죽이는 데에는 관심이 없어 보였다. 그러니 싸우는 것보다 차라리 달아나는 쪽을 택하는 쪽이 많았다.

사방에 도움을 청하며 피난하는 숫자의 덩어리가 점점 커져 갔다.

그러자 당청은 모여 있는 문파들을 습격했다.

"여기 숨어 있었느냐? 가고 싶으면 가진 건 다 내놓고 가거라, 이놈들!"

모여 있던 이들은 뿔뿔이 흩어졌다. 복면인, 당청이 너무 강해서 맞서 싸울 수가 없었다. 청해 문파들은 계속해서 밀렸다. 사방팔방으로 흩어졌다. 아예 싸우기 전에 중요한 재물을 들고 먼저 피하는 문파도 생겨났다.

복면인이 광풍처럼 문파들을 몰아치는 바람에 너무 정신이 없어서 어디서 저런 자가 왔는지, 왜 갑자기 약탈을 하는지 의심할 여유도 없었다.

청해에는 이들이 의지할 만한 중대형급의 문파가 없었다. 그러나 거대 문파 중의 하나인 곤륜파가 있었다.

청해 문파들은 어쩔 수 없이 곤륜파에 도움을 청하기로

하였다. 중소 문파의 고수들로서는 도적의 수괴로 보이는 복면인과 그의 독을 상대할 수 없었다. 곤륜파라면 그나마 상대할 수 있는 고수가 있을 터였다.

비록 곤륜파는 금강천검에 반대하는 입장이지만, 그래도 같은 지역에 있는 입장으로 돕지 않을 리는 없었다. 곤륜파에 몸을 피하고 있으면 이 약탈의 바람이 지날 때까지 최소한 가지고 나온 재물과 목숨을 지킬 수는 있을 터였다.

그렇게 청해 문파의, 백리중을 지지하는 문파의 수백 명이 곤륜파로 향하였다. 또 중간에 습격을 당할까 봐 따로 떨어졌다가 한날한시에 약속 장소에 전부 모였다. 곤륜산 아래에 있는 외떨어진 객잔이었다.

객잔의 내외가 도피 중인 청해 문파의 무인들로 가득 찼다. 수백 명이 한자리에 모이니 의외로 든든했다. 이대로라면 굳이 곤륜파의 도움을 받지 않아도 될 법했다.

"이참에 우리도 청해에 무림회를 하나 만듭시다."

한 문파의 문주가 농담 반 진담 반으로 의견을 냈다.

"그게 좋겠소이다. 우리 목숨은 우리가 지켜야지."

"한목소리로 함께 행동한다면 무림총연맹에서 우리의 입지가 좀 더 커질 것이오."

목소리 큰 자가 나서서 말했다.

"까짓거 곤륜파로 가는 김에 우리가 곤륜파도 설득해 봅시다! 곤륜파를 이끌어 무림총연맹에 가입한다면 우리는 더욱 좋은 대우를 받을 수 있을 거요."

"형제들이 함께 있으니 두렵지 않구려. 일찍 이런 자리를 마련해야 했소이다."

"뒤늦게나마 형제들을 알게 되어 다행이오."

"복면을 쓴 자들의 꿍꿍이가 뭔지 몰라도 더는 우리를 어쩌지 못할 것이외다."

문주들은 시끌벅적하게 떠들면서 우의를 다졌다. 이 인원이면 곤륜파마저도 자신들의 편에 서게 만들 수 있다는 자신감이 생겼다. 그리고 무림총연맹에 반대한 청해 내 다른 문파들을 굴복시켜서 아예 청해를 자신들의 손에 넣을 거라는 계획도 세웠다.

때문에 그들은 한 명의 청년이 조용히 객잔을 빠져나간 것을 알지 못하였다.

청해 문파의 무인 수백 명은 이제 당당하게 객잔을 나와 곤륜산을 향했다.

그러나 곤륜산의 초입에 들어섰을 때, 그들은 매우 기분이 나쁜 일을 겪었다.

길가의 바위에 한 명의 청년이 입에 풀을 물고 앉아 있었던 것이다.

그냥 지나가는 길손이라면 그러려니 하겠는데, 누가 봐

도 이상한 것이 이 수많은 무인들을 보고도 본 척조차 하지 않는다.

한 문파의 문주가 눈짓했다. 문하 제자가 나서서 청년의 앞으로 다가갔다.

"당신은 뭔데 길을 막고 있소?"

청년이 고개를 들어 말을 건 이를 올려다보았다. 무인이 청년의 표정을 보고 찔끔했다. 무덤덤한 표정에 파리하리 만치 하얀 안색. 어딘가 기이한 인상이었다.

청년이 천천히 자리에서 일어섰다. 아무런 기세도 내뿜지 않았는데 무인은 저도 모르게 주춤거리고 뒤로 물러났다.

청년이 훤히 열린 길을 시선으로 가리키며 물었다.

"내가 언제 길을 막았습니까?"

무인이 뭐라고 화를 내며 말하려 하였는데, 갑자기 얼굴이 꺼메졌다. 무인은 비틀거리더니 뒷걸음질을 치다가 자빠져 죽었다.

"……!"

모두가 청년을 쳐다보았다. 놀라서 말이 안 나왔다.

"누……! 네놈은 누구냐!"

마영방 방주의 외침에 청년이 조용히 답했다.

"독룡."

그 순간 온 천지가 정적에 휩싸였다.

한참 만에야 누군가 정적을 깨고 소리쳤다.

"거, 거짓말! 독룡을 빙자하는 가짜다! 독룡이 청해에 왜 온단 말이냐!"

청년이 풀잎을 으적 씹으며 말했다.

"조금 전, 객잔에서 차를 마셨을 겁니다."

"그, 그렇……."

순간 진자강의 전신에서 살기가 터져 나왔다. 살기가 거대한 해일이 되어 수백 명의 무인들을 휩쓸었다.

살기에 반응해 무인들의 내공이 제멋대로 진탕되며 기혈이 들끓었다.

그 순간 내공을 끌어 올린 이들의 코에서 코피가 뚝뚝 떨어지기 시작했다. 갑자기 구역질을 하는 이가 생겨났다.

"우에엑!"

그들의 몸에 반점이 하나둘 생겨나기 시작했다. 반점들이 마치 꽃잎처럼 피어났다.

"뭐야!"

"뭐, 뭐!"

죽음의 꽃이다.

"저, 적멸화!"

중독된 이들이 당황해하며 진자강을 보았다. 뭐가 어떻

게 된 건지 알 수가 없었다. 정신을 차릴 수가 없었다.

진자강이 말했다.

"아직도 증거가 필요합니까?"

당가의 독 중에는 내공을 쓰면 쓸수록 기혈에 들러붙어 작용하는 독들이 있다. 그것이 고수들조차 당가의 독을 가벼이 여기지 못하는 이유다. 단령경도 그렇게 당했다.

진자강은 자신의 살기가 유독 뛰어남을 알고 있었다.

하여 그를 이용했다.

당가의 방식으로 미리 중독시킨 후 자신의 살기로 상대의 기혈을 뒤흔들면, 즉시 독이 퍼지게 되는 것이다······.

수라천둔 생사명멸(修羅天遁 生死明滅)!

하늘조차 알아채지 못할 만큼 은밀하고, 일순에 사람의 생사를 가를 만큼 치명적인 수라의 독.

이런 방식으로 독을 쓰는 건 이 자리에 있던 누구도 상상조차 하지 못했다. 살기에 반응해서 작용하는 독이라니! 살기로 독을 촉발시켜서 원하는 때에 언제든 독을 작용시킬 수 있다니!

무인들이 피를 뿜었다. 몸이 생으로 녹으며 죽어 갔다. 절규와 비명으로 삽시간에 아수라장이 되었다.

몇몇이 달아나려 하고, 또 몇몇은 생을 포기하고 진자강을 향해 달려들었다.

딸깍.

진자강의 손목에서 새하얗고 투명한 실들이 풀려나와 발 아래까지 흘러내렸다.

수라진경(修羅眞經), 사십가수 절명사(四十加繡 絕命絲).

진자강이 양팔을 앞으로 힘껏 내저었다. 사십 가닥의 수라진경에 일일이 촌경의 내공이 깃들며 폭발하듯 전면을 휘저었다.

수라멸세혼!

진자강의 앞에서 그림자들이 갈가리 찢겨 나갔다.

모든 소음과 비명 소리조차.

끔찍한 살육의 현장이었다.

독을 먹은 자들이 피를 토하고 몸이 녹아 죽어 가며, 허공을 누비는 실에 몸이 갈려 나간다…….

현실적이지 못한 광경에 그나마 살아 있던 자들도 멍하게 서 있을 수밖에 없었다.

이 압도적인 무력의 차이에서 자신이 무엇을 할 수 있단 말인가.

자신의 죽음을 바라볼 수밖에.

"우, 우리가……."

멍한 눈을 크게 뜬 채 한 노년의 고수가 혼잣말처럼 말했다.

"우리가 무슨 큰 잘못을 했다고…… 이렇게 죽어야 하지?"

진자강이 노고수를 바라보았다.

그러곤 싸늘한 살기를 담아 말했다.

"나 죽이러 가려던 것 아니었습니까?"

노고수가 여전히 정신을 차리지 못한 얼빠진 표정으로 말했다.

"우리는 그저……."

노고수를 향한 진자강의 살기가 강해졌다. 노고수의 얼굴에 적멸화가 피어나기 시작했다.

노고수는 피가 들어차는 눈으로 진자강을 바라보았다.

"살인귀(殺人鬼)……."

진자강이 차갑게 되물었다.

"칭찬입니까?"

노고수의 얼굴이 급격하게 일그러졌다.

"욕이다! 이 빌어먹을 어미 아비도 없는 후레……."

진자강의 손이 치켜 올라갔다. 노고수의 목과 몸뚱이가 산산조각 나며 하늘로 치솟았다.

근처에 있던 자들이 피와 살의 벼락을 맞았다.

진자강이 이를 드러내었다.

"내가 당신들에게 그런 말을 들어야 할 이유가 없습니다."

남아 있는 자들을 향해…… 수라진경이 허공을 활공했다.

＊　　　＊　　　＊

피로 가득한 독의 웅덩이가 곳곳에 생겨났다.

독장은 무려 십여 장 이상이나 퍼져 산 사람이 접근할 수 없는 단절된 죽음의 공간이 되었다.

독기가 풀풀 풍겨, 멀리에서 독기의 냄새만 맡아도 현기증을 일으키며 쓰러질 정도였다.

진자강은 수라진경을 회수하고 몸을 추슬렀다.

독장에서 한동안 머물며 본모습을 알아볼 수 없이 죽어간 이들을 지켜보았다.

진자강은 독장을 무덤덤하게 걸어 나왔다.

거의 이십여 장의 밖에 곤륜파 도사들이 서 있었다.

가까이 다가오지는 못하였으나 이곳에서 벌어진 일을 그들이 모를 리는 없었다.

곤륜파 도사들이 무거운 표정으로 진자강을 바라보았다.

"독룡. 이곳은 본 파의 영역이오."

"그리고 저들은 본 파를 찾아온 손님들이었소."

곤륜파의 나이 지긋한 도사가 다른 이들을 말리며 진자강에게 말했다.

"내 듣기로, 독룡은 예를 알고 명예를 알며 함부로 사람 죽이기를 즐기지 않는다고 하였네."

진자강이 답했다.

"제가 들은 것과는 많이 다른 듯합니다."

"세상에 단 한 명이라도 그대의 진심을 알아주는 이가 있다면, 그대는 이 허무한 세상에서 충분히 성공한 삶을 산 걸세."

진자강은 잠시 노도사의 말을 되새기다가 한참 후에야 되물었다.

"하시고 싶은 말씀이 무엇입니까?"

"그대가 세상을 바꾸려 노력한 것을 아네. 앞으로 우리도 그대의 힘이 되겠네. 그러니 의미 없는 살생은 여기서 그만두시게."

"기다릴 만큼 기다렸습니다. 누군가는 부패한 오물을 치울 때가 되었습니다."

"오물은 적당한 날씨가 되면 무엇보다 훌륭한 거름이 될 수 있네."

"알겠습니다. 그럼 이대로 그만두지요. 당장에 여기에서 그만두겠습니다."

진자강의 말에 노도사가 귀를 쫑긋 세웠다.

"정말인가? 천하의 독룡이 허튼 말을 하는 것은 아니겠지?"

"그전에 한 가지만 묻겠습니다."

진자강이 노도사를 비롯한 곤륜파의 도사들을 한 명씩 돌아보며 물었다.

"내가 지금 그만두면 앞으로 금강천검과 무림총연맹에 피해를 입고 죽게 될 이들은 누가 책임집니까?"

진자강이 다시 물었다.

"사람을 죽여 자신의 이익을 탐하는 자들을 죽이지 않고 개과천선할 때까지 기다리는 동안, 그들의 탐욕에 죽을 이들의 목숨값은 누가 지불합니까?"

진자강은 곤륜파 도사들에게 말했다.

"곤륜파라고 답해 보십시오. 곤륜파가 하겠다고 대답하십시오."

곤륜파 대사들은 대답하지 못하였다.

진자강의 눈에 극도의 살의가 드러났다. 목소리에 살기가 담겨 웅웅거리고 울렸다.

"곤륜파가 선한 자들의 목숨값을 대신하겠다면 나는 이

길로 곤륜파를 없애고, 악한 자들을 죽여 남은 이들을 살리 겠습니다. 그게 내 대답입니다."

곤륜파 도사들은 끔찍하리만치 지독한 살의에 몸을 떨며 뒤로 한 걸음을 물러섰다.

진자강은 곤륜파 도사들을 향해 묵직한 포권을 하고는 그들을 지나쳐 갔다.

무력으로도, 의지로도 진자강을 이길 수 없다.

진자강을 막을 수 없다.

곤륜파의 노도사가 눈을 지그시 감았다.

강호의 탐욕에, 피 냄새를 맡은 수라가 지옥에서 올라왔다.

수라를 불러낸 것은 지금의 이 강호이니 누구를 탓하겠 는가.

*   *   *

진자강은 길가에 피어 있는 이름 없는 독초를 뜯어 입에 물었다.

이동하는 동안 쉴 새 없이 독초를 씹어야 했다.

진자강의 내부에는 막대한 독의 타래가 쌓여 있었다. 수 백 개의 광층이 생성되었다. 그러나 멸정, 자안, 소말 등의 맹독은 한정되어 있고 앞으로 소모될 양도 막대할 터였다.

당가의 독을 모조리 흡수했지만 그것만으로 수만 명을 상대하기엔 부족하다. 하여 계속해서 독을 섭취해 보충해야 했다.

곤륜파에서 벗어난 앞길에 당청이 기다리고 있었다.

당청이 복면을 벗고 긴 숨을 토해 냈다.

"간만에 힘을 썼더니 후련하구나. 곤륜파 도사들에게 일침을 가하는 모습도 속 시원하고."

당청은 다음 경로를 정리했다. 수십 년간 강호의 정보를 도맡아 처리한 당청이다. 그의 머릿속에는 중원의 모든 문파와 지역 지도, 문파들의 성향이 기록되어 있었다.

"다음은 감숙으로 가야겠지. 감숙에는 난주의 금산파와 합작의 백운문이 중견 문파로서 감숙 무림을 이끌고 있다. 북부의 중소 문파를 금산파로 몰고, 남부의 문파들을 백운문으로 몰면 두 군데서 궤멸시킬 수 있다."

대형 문파는 건드리지 않고 당청이 충분히 밀어낼 수 있는 중소 문파들을 건드린다. 그들이 대형 문파로 몰리게 되면 그때에 진자강이 기다리고 있다가 일거에 섬멸하는 것이다.

단순하지만 결코 벗어날 수 없는 함정.

그것은 거미줄의 가운데에 도사리고 있는 것이 진자강이기 때문이다.

"준비됐느냐?"

아작.

진자강은 대답 대신 독초 줄기를 씹었다.

*   *   *

강호에 피바람이 일어났다.

청해와 감숙에서 백리중의 무림총연맹에 적극적으로 가담했던 문파들이 처참하게 도륙되었다.

진자강의 이동 목표는 뻔하였다.

청해와 감숙, 섬서, 장강 이북과 호광을 거쳐 강서의 남창까지 향하고 있는 것이다.

무림총연맹의 설립을 정확하게 노린 움직임이었다.

그러나 이것은 한편으로 강호의 문파들에게는 묘한 의구심을 주었다.

지금 행동하는 진자강의 상태를 보면 치밀하고 과감하다. 그런데 바로 얼마 전에 백리중이 무림총연맹의 재건을 외치고 다닐 때 '독룡이 저질렀다' 던 두서없는 혈사와는 궤가 다르지 않은가.

당장에 지금 진자강이 다니면서 일으킨 독장과 당시의 독장과는 위력부터가 차이가 있었다.

의심, 또 의심.

그러나 의심을 증명할 시간은 없었다.

이미 장강은 광폭하게 흐르기 시작하였고, 강호의 문파들은 그 위를 위태하게 떠 있는 배에 탄 신세였다.

다만 자신이 탄 배가 조각배가 아니라 풍랑도 견뎌 낼 수 있는 탄탄한 범선이기만을 바랄 뿐이었다.

*　　　*　　　*

청해와 감숙을 지났을 뿐인데, 당청은 더 이상 도적 흉내를 낼 필요가 없었다.

다음 차례인 섬서는 진자강이 섬서에 발을 들였다는 소문만으로 굉진(轟震)했다. 장강 이북으로 향하는 경로에 있는 중소 문파들은 서둘러 짐을 싸서 문파를 비웠다. 가만히 있으면 백 중 백은 무조건 죽는 것이다.

하지만 문파의 귀중품과 재물을 챙기고 무거운 몸으로 그들이 도망갈 데라고는 같은 섬서의 중대형 문파밖에 없었다. 맨손으로 모든 것을 다 버리고 죽어라 달아나면 모를까, 챙길 것 다 챙기면서 진자강이 쫓아오는 속도를 감당할 수는 없었다.

　　　　*　　　　*　　　　*

　섬서에는 뛰어난 무림 문파들이 많다.

　섬서에 자리한 이대 검파, 화산파와 종남파의 영향으로 수많은 검파가 탄생하였으며 교류가 활발하여 수준도 매우 높았다. 거의 대부분의 문파들이 무림총연맹의 핵심 지지층이기도 했다.

　진자강이 강서성 남창으로 가려면 반드시 지날 수밖에 없는 길이었으며 또한 백리중의 가장 크고 강력한 지지 세력을 넘을 수 있느냐 마느냐가 달려 있었다.

　때문에 진자강이 청해와 감숙을 초토화시킨 순간, 강호가 섬서를 주목한 것도 당연했다.

　구대문파 중 둘인 화산파와 종남파를 필두로 똘똘 뭉쳐 진자강을 막는다면 그대로 백리중의 승리요, 막아 내지 못한다면 진자강의 우세함이 한층 높아지게 될 것이다.

　"달리 말해, 섬서를 박살 내면 저들의 기가 확 꺾일 것이다…… 라는 말이지."

　감숙에서 섬서로 넘어가는 길목에서 당청이 웃었다.

　진자강이 섬서 쪽을 바라보며 말했다.

　"잔뜩 기다리고 있겠군요."

　"당연하지. 화산파와 종남파는 출발도 하지 않았어. 왜.

무서우냐?"

　고수일수록 독을 억누르는 힘이 강해서, 심혈을 기울여 하독하고 중독시켜야 한다. 하독하는 걸 알면 내공으로 버티게 되므로 싸우는 시간이 조금이라도 길어져 진자강의 피해도 커질 수 있다. 더구나 본산이 가까워 온갖 영약을 동원할 게 틀림없는 일이었다.

　진자강이 말했다.

　"그럼 돌아가지요."

　"음?"

　"섬서 북쪽 몽골[蒙古]의 접경지를 타고 섬서의 동쪽으로 넘어가서 산서로 가겠습니다."

　섬서는 서쪽으로 감숙, 북쪽으로 몽골, 동쪽으로 산서와 하남에 둘러싸여 있다.

　섬서를 직접 돌파하지 않고 빙 둘러 돌아가겠다는 뜻이다.

　당청이 의문의 눈빛으로 진자강을 보았다.

　그리하면 당연히 강호에 진자강을 우습게 보는 이들이 생겨나지 않겠는가. 그럴 줄 알았다, 청해와 감숙의 중소 문파나 건드렸지 정작 대문파는 건드리지도 못한다…… 그런 말들이 쏟아져 나올 것이다. 무림총연맹의 기세가 오를 게 분명했다. 그러면 진자강이 처음 생각했던 것처럼 저들을 공포에 질리게 해 와해시키는 건 불가능해질 터였다.

당청은 잠시 진자강의 표정을 쳐다보았다.

"섬서를 피해 산서로 가면 하남의 소림사와 필연적으로 마주하게 된다. 잘못하면 화산파와 종남파, 그리고 소림사에 둘러싸이는 자충수가 될 수 있어. 아직 소림사를 건드릴 때가 아니야."

"그래서 산서를 치고 바로 소림사로 갑니다."

당청은 깜짝 놀랐다. 섬서를 지나 산서로 가겠다는 것이 소림사 때문이었다니!

순간 당청은 진자강의 생각을 읽고는 소름이 끼친 듯 몸서리를 쳤다.

"이야…… 너는 역시 내 생각보다 더 끔찍하고 무서운 녀석이다."

*　　　*　　　*

화산파와 종남파는 진자강이 올 것에 대비해 섬서의 문파들과 협력하여 빈틈없이 그물망을 짜 둔 차였다.

언제 어디서 진자강이 들어온다 해도 반드시 감시망에 걸린다. 그러면 그 즉시 대기하고 있던 모든 무인들이 천라지망을 펼쳐 진자강을 가두고, 화산파와 종남파가 진자강을 상대할 것이다.

화산파는 북리검선을, 종남파는 종남쌍검을 잃어 전력이 크게 줄었으나 아직 그들의 빈자리를 채울 고수들은 남아 있었다. 창고를 완전히 개방하여 방독(防毒), 해독(解毒)이 가능한 영약을 모조리 풀었다.

한 성의 전 문파가 단 한 명을 상대로 나선 것은 이례적인 일이 아닐 수 없었다.

하나 그만큼 방비하고 있다는 뜻이기도 하니, 만일 진자강이 섬서로 들어온다면 결코 멀쩡한 모습으로 살아 나갈 수는 없으리라.

＊　　　＊　　　＊

진자강은 섬서로 가지 않았다.

산서의 무림 문파들은 허둥댔다. 진자강이 당연히 섬서를 거쳐 올 줄 알았는데, 바로 산서로 넘어와 허를 찔렀다.

산서에는 큰 문파가 없어서 체계적으로 진자강에 대응하지도 못하였다.

멍하게 문파에 죽치고 있다가 죽고, 도망치다가 죽고, 어떻게든 대항하려다가 죽었다.

수많은 중소 문파의 무인들이 몰리고 몰리다가 운중산맥으로 피했으나 진자강은 끝끝내 그들을 따라왔다.

운중산맥의 서부고원에서 십 개 문파의 무인들 수백 명이 진자강과 마주쳤다.

진자강은 청해에서부터 지금까지 수천 명이 넘는 무인들을 죽였다. 그러나 복장은 여전히 말끔했고 몸에는 상처 하나 없었다.

그것이 무인들을 더욱 공포스럽게 했다.

사한문(四漢門)의 문주 한월이 진자강에게 간청했다.

"이보게, 독룡……."

진자강은 한월의 떨리는 말투를 듣고 들고 있던 손을 내렸다.

"말씀하십시오."

한월이 이를 질끈 물고 자존심을 모두 내버렸다.

"우리가 잘못했네."

진자강이 한월을 빤히 바라보다가 물었다.

"그걸 왜 내게 말합니까?"

다른 문파의 무인이 악을 썼다.

"네놈이 우릴 죽이려 하고 있으니까 그렇지!"

"내가 왜 당신들을 죽이려고 하겠습니까."

"우리가 금강천검의 편에 붙어서!"

"맞습니다."

진자강이 손을 들었다. 하늘하늘한 실들이 치솟았다.

진자강이 말했다.

"그런데 그게 사과한다고 될 문제겠습니까?"

무인들의 눈에 공포가 깃들었다.

*　　　*　　　*

화산파에서 임시로 장문의 자리를 맡고 있는 풍사(風師)는 북리검선의 사제로 화산 십대 고수 중 한 명이다.

머리가 좋고 무공이 뛰어나 북리검선이 아니었다면 충분히 장문의 자리에 앉을 수 있는 인재였다. 때문에 화산파는 북리검선을 잃었으나 크게 흔들리지 않고 시류에 침착하게 대처해 나갈 수 있었다. 이번에 진자강을 상대하는 데에도 풍사의 능력이 크게 발휘되었다.

화산파의 모든 도사들이 만반의 채비를 하고 진자강을 기다렸다.

그런데 화산파에 뜻밖의 연락이 전해졌다.

"독룡이 이곳을 거치지 않고 산서로 넘어갔습니다. 산서에서 대학살을 일으켜 중소 문파들의 피해가 극심하다고 합니다."

화산파의 장로들도 그 소식에 적잖이 놀랐다.

풍사가 의심했다.

"독룡 본인이 맞는가?"

"확실합니다. 천 명 이상이 독장에 흔적도 없이 녹아 버렸다고 합니다."

산서에는 구심이 될 대형 문파가 없다. 독의 특성상, 독의 양만 충분하다면 중수 이하의 무인들은 머릿수가 전혀 의미가 없는 것과 마찬가지다.

장로들이 저마다 한마디씩을 했다.

"저런 잔혹한……!"

"천벌을 받을 놈. 아주 인륜을 저버린 지독한 작자로구나!"

"어찌 사람이 수천 명을 눈 하나 깜짝하지 않고 독수로 만들어 버린단 말인가."

"자신보다 약한 자들은 함부로 죽이면서 강한 자와는 싸우지 않겠다는 겐가."

한편으로는 역시나 그게 진자강의 한계라고 단정 짓는 이들도 있었다.

"그럼 그렇지, 제깟 것이 우리 화산이 버티고 있는데 어떻게 섬서로 들어올 생각을 하겠나."

"우리와 종남파가 단단히 결속하였으니 들어올 틈을 찾지 못하고 도망간 것이나 다름이 없지."

그러나 풍사는 신중했다.

"지금까지 독룡의 행보를 보면, 정면에서 부딪치는 경우가 많았소이다. 그런데 우리를 피해서 돌아갔다…… 조금…… 의아하구려."

그때 다른 보고가 들어왔다.

"독룡이 하남으로 내려갔습니다!"

소림사가 있는 하남으로?

정말로 아예 섬서를 지나칠 셈인가?

풍사가 탁자를 힘껏 치며 일어섰다. 진자강의 속셈을 알았다.

"독룡은 우리를 지나쳐서 남창까지 달려갈 셈이다! 청해와 감숙을 치면서 돌파해 온 건 우리의 눈을 가리기 위한 수작이었어!"

무림총연맹에 모든 문파들이 모여야 힘이 결집된다. 그리고 그 결집된 힘으로 독룡을 치려 하였다.

그런데 만일 그 전에 남창의 무림총연맹 본단이 함락당한다면?

그렇잖아도 진자강의 위협에 잔뜩 웅크리느라 상당수의 문파들이 출발도 하지 못한 터이다. 한데 모이기도 전에 진자강이 남창의 무림총연맹 본단을 치고 백리중을 죽인다면 강호는 결집되기 어려워질 것이다!

하지만 다른 장로가 이의를 제기하였다.

"우리 섬서를 피해 가려면 소림사를 지나야 하외다. 말하기는 무엇하나, 설마하니 늑대를 피해 범을 찾아가려 하겠소이까?"

"소림사 최강의 나한인 대불을 쓰러뜨린 놈이라면 그럴 만하오. 아니, 어쩌면 소림사와 싸우지 않고 그냥 지나칠 수도 있겠지."

풍사가 급히 명령했다.

"모두 행장을 꾸리고 대기하시오! 만일 독룡이 하남의 소림사를 어떤 식으로든 통과한다면, 우리는 즉시 남창으로 가야 하오. 종남파에도 사람을 보내 독룡의 수에 당하지 않도록 알리시오!"

*   *   *

진자강은 산서에서 무림총연맹에 가담한 중소 문파들을 쓸어버린 후 하남의 소림사까지 내려갔다.

화산파에 이어 소림사 역시 진자강의 행보에 있어 가장 큰 걸림돌이었다.

한데 소림사는 엄밀히 어느 누구의 편이라고 보기에 어려운 면이 있었다. 대불이 있을 때에는 분명히 진자강의 적이었다. 당청과 부딪친 적도 여러 번이었다.

하나 그렇다고 해서 지금도 적이냐고 하면, 그렇게 볼 수만은 없었다.

이번 무림총연맹의 설립에 소림사는 한발을 물러나 관망하는 자세를 취했다.

소림사에 분명히 이전과는 다른 기류가 있다.

그래서 진자강은 확인해야 했다. 소림사에서. 직접.

만일 진자강의 생각과 다르다면, 그때는 소림사마저 지워져야 한다.

늘 향객으로 분주하던 소림사의 대로는 인적도 없이 매우 조용했다. 강호에서 혈사가 일어나고 있어 소림사에도 향객이 끊겼다.

소림사의 일주문 아래.

어쩌면 당연하게도, 이미 그곳에서는 진자강을 기다리는 이가 있었다.

법복이 아니라 갈색의 수수한 수행복을 입고 있는 이십대 초반의 젊은 행자(行者)였다. 행자는 아직 정식 승려가 되지 못한 이로 경내의 잡일을 하며 수행을 하는 이를 말한다.

행자가 진자강을 보고도 평온한 얼굴로 합장을 하더니, 잠시 기다려 달라는 뜻을 표했다. 그러곤 사발에 쌀 일곱 알을 넣고 차를 담아 계단 한쪽 석재로 만든 단 위에 올려놓았다. 수인을 맺고 다라니경을 외며 진지한 태도로 재(齋)를 올렸다.

행자가 말했다.

"몽산시식(蒙山施食)입니다. 아귀가 된 이들에게 음식을 베풀어 성불하기를 바라는 것이지요. 저는 매일매일 몽산시식을 하며 스스로의 수양을 하고 있습니다."

진자강은 행자를 가만히 보았다.

내공은 미미하게 느껴지지만 눈에 깃든 현기는 이십 대의 나이에서 볼 수 있는 것이 아니다.

진자강이 행자에게 말했다.

"곧, 몽산시식을 할 필요가 없어지게 될 겁니다."

강호에 남아 있는 아귀를 모두 죽일 테니까.

하지만 행자가 고개를 저었다.

"인세가 사라지지 않는 한, 아귀는 사라지지 않습니다. 인간사에서 탐욕은, 탐욕으로 생겨난 아귀는 단 한 번도 사라진 적이 없습니다."

"잘 알겠습니다."

진자강은 마주 합장을 하고 행자를 지나치려 했다. 그러나 행자가 손을 뻗어 진자강의 앞을 막았다.

진자강이 행자를 빤히 바라보았다.

행자가 부드러운 미소를 지으며 진자강을 마주 보았다.

"일주문에 서 있는 사천왕은 죄지은 자가 참회할 것을 요구하며, 마귀에 씐 자를 거부합니다. 성스러운 경내에 악심을 품고 들어오지 말라는 뜻입니다. 하물며 아귀를 경내에 들일 수는 없습니다."

진자강의 눈빛에 살기가 솟았다. 이 수행자는 진자강을 아귀로 부르고 있는 것이다!

진자강이 조소를 지었다.

"대불이라는 아귀가 살고 있던 곳 아닙니까?"

행자는 조금도 표정이 변하지 않았다.

"사람 잡아먹는 아귀는 안 됩니다."

진자강이 일주문의 사천왕상을 바라보다가 행자에게 물었다.

"힘으로 막아 보겠습니까?"

놀랍게도 행자가 답했다.

"예."

순간 진자강이 손을 썼다. 가로막고 있는 행자의 팔을 내리누르며 팔꿈치로 행자의 관자놀이를 후려쳤다. 행자가 진자강의 팔뚝을 반대쪽 손으로 빙글 돌리면서 가볍게 진자강의 가슴을 밀어냈다.

부드러운 동작이었으나 진자강이 밀릴 만큼 막대한 경력이 담겨 있었다. 놀랄 만큼 유연한 대처였다.

딸깍!

진자강은 빠르게 몸을 돌리며 수라진경을 풀어 행자의 목과 얼굴에 수라진경 세 가닥을 걸었다. 행자가 걸린 목을 풀듯 고개를 돌렸다. 수라진경이 흐느적대며 절로 튕겨 나갔다. 진자강도 이런 대처는 처음이었다. 진자강이 수라진경을 풀어 회수하며 한 걸음 물러났다.

행자가 여전히 웃으며 진자강에게 말했다.

"무각이는 잘 있습니까?"

진자강은 잠시 행자를 바라보다가 물었다.

"독실한 불자가 당신입니까?"

"그게 무엇입니까?"

"무각 대사께서 거름 구덩이에서 성불할 뻔하였는데, 독실한 불자가 구해 주었다고 하셨었습니다."

행자가 웃었다.

"아아, 독실한 불자라니. 그렇게 말해 주니 참으로 고마울 따름입니다."

"하지만 소림사의 승려라고는 말씀하지 않았습니다."

"지당합니다. 나는 소림의 승려가 아닙니다."

진자강이 인상을 썼다.

"그런데 왜 내 앞을 막았습니까."

"이대로 시주를 들여보내면 애먼 사람들을 해칠까 두려

워서입니다."

소림사의 승려는 아니다. 그러나 소림사를 해칠까 두렵다.

묘한 의미다.

행자가 말했다.

"나는 본디 청해 너머에서 온 자로, 혈유일마(子遺一魔)입니다."

혈유일마, 진자강이 들어 본 별호가 아니다. 순수한 말의 의미로는 남아 있는 단 한 명의 마인이란 뜻이다.

진자강은 퍼뜩 떠오르는 부분이 있었다.

"삼천 마인."

진자강의 말에 행자가 감탄했다.

"시주의 지혜는 참으로 경탄할 만합니다."

멸마승 무각은 전성기에 삼천 명의 마인을 죽였다. 그러나 심한 살생을 한 죄로 소림사로 잡혀 와 근육이 찢기는 차열형을 당했다.

행자가 웃으며 말했다.

"무각은 새외를 돌며 모든 마인을 죽이고 싶어 하였으나, 마지막 남은 한 명의 마인이 그를 막았습니다."

멸마승 무각이 죽이지 못한 자.

혈유일마!

"나는 무각에게 물었습니다. 네 행동이 옳은 것이냐, 반대쪽에 선 모든 이를 죽이면 결국은 너희가 교화하고 계도할 이도 남아 있지 않게 될 것이다. 무각은 그래도 자신이 옳다고 하였습니다. 그래서 나는 무각과 함께 소림으로 왔습니다. 소림에 물었습니다. 무각의 행동이 옳은 것이냐."

혈유일마가 말했다.

"소림은 나의 물음에 무각의 차열형로 답하였습니다. 그리고 나는 부처께 귀의하여 이제껏 소림에서 살아오고 있습니다."

무각의 나이가 백삼십이다. 그렇다면 도대체 혈유일마는 몇이나 된 것인가!

하나 지금 그것이 중요한 건 아니었다.

"당신이 여기 있는 이유는 알겠습니다. 그게 나를 막는 것과 무슨 상관입니까."

"시주에게 할 말이 있어서입니다."

혈유일마가 손가락으로 바닥을 가리켰다. 바닥에 긴 선이 그어져 있었다. 선은 정확히 일주문과 밖의 경계를 가르고 있었다.

"이 선 안에 있는 자들은 모두가 굴레를 얹고 삽니다. 어떤 생각을 가지고 있어도 결국은 승려라는 굴레에서 벗어나지 못합니다. 범본도 마찬가집니다."

진자강은 혈유일마의 얘기를 들었다. 혈유일마의 말이 이어졌다.

"범본은 중생계도의 일환으로 금력을 선택하였습니다. 반대파인 절복종을 무력으로 진압하였습니다. 그러나 그가 부린 욕심은 승려의 본분 안에서, 소림의 제자로서 이루어진 것입니다. 수십 년의 고뇌 끝에 이루어진 것입니다. 무각이 저지른 무절제한 살행이 결국은 승려로서의 책임 때문에 발목을 잡힌 것처럼, 범본의 행동도 한계를 지니고 있었습니다."

"고삐가 풀렸다 한들, 결국은 고삐에 걸려 있는 신세라는 겁니까?"

"범본은 탐욕 자체의 충족을 바라지 않았습니다. 목적을 위해 탐욕을 이용하였습니다. 잘못된 신념이 나쁜 상황을 만든 것일 뿐이니, 그를 아귀라고 해서는 안 됩니다."

혈유일마의 얘기를 듣던 진자강이 입꼬리를 올려 웃었다.

"그렇게 따지면 세상에는 아귀가 없을 겁니다. 모두가 그렇습니다. 문파를 위해, 가족을 위해, 명예를 위해 탐욕을 부린 것이라 자신도 아귀가 아니라고 할 겁니다."

"그렇습니다. 그러나 충분히 풍족함을 가지고도 더 높은 것을 바라는 것, 필요치 않음에도 그 이상을 바라는 것, 우리는 그것을 탐욕이라고 부릅니다. 탐욕이 탐욕을 부르고, 어느 순간 탐욕이 앞서서 자신이 무엇을 원했는지도 잊게 될 때에 우리는 그가 아귀가 되었다고 말할 수 있습니다."

혈유일마가 진자강을 손가락으로 가리켰다.

"지금 시주는 아귀를 잡아먹는 또 다른 아귀입니다. 필요하지 않은 이들까지도 잡아먹고 또 잡아먹으려 합니다. 해월조차도 시주처럼은 하지 않았을 것입니다. 대체 몇 명을 더 죽일 셈입니까?"

진자강은 오래전부터 아주 가느다란 줄 위에 서 있었다. 조금만 잘못해도 인간으로서의 선을 넘어갈 수 있는 위태위태한 줄타기였다.

"솔직히 말해 선을 넘거나 말거나, 신경 쓰지 않긴 했습니다. 그런데 내가 이미 선을 넘었다. 그런 얘깁니까?"

"그렇습니다. 오래전에 넘었었고, 이제 또 넘겠지요."

진자강이 고개를 끄덕였다.

"내가 선을 넘는 동안 소림사는 대체 무엇을 한 것인지 묻고 싶군요. 당신의 말에 의하면 오히려 나쁜 상황을 만든 것뿐 아닙니까."

"시주. 세상에 절대선이란 없습니다. 소림 또한 절대의 선이 아니고 시주 또한 절대의 선이 아닙니다. 누구나 선과 악을 함께 지니고 있으며 본인이 선과 악을 동시에 가지고 있음을 자각하는 순간에 비로소 선인(善人)이 될 수 있습니다. 본인 안의 악을 자각하지 못하는 자가 악인이 됩니다. 범본은 자신의 악을 자각하지 못하여 악인이 되었습니다. 시주 또한 곧 그리될 것입니다."

혈유일마가 말을 이었다.

"소림이 어떤 상태인지는 정법행이 재개되지 않고 있음을 보면 이미 아실 거라 생각합니다. 인정하기까지에는 오래 걸리겠지만 소림은 소림 안에서의 올바른 선을 찾기 위해 노력 중입니다."

진자강이 혈유일마를 비웃었다.

"내가 그 말을 믿고 돌아설 거라고 생각했다면 오산입니다. 더구나 그런 말을 하려면 본사의 승려라도 나와야 하지 않았겠습니까."

"소림의 의지는 얕지 않습니다. 내가 여기 나온 이유는 간단합니다. 남은 사람들 중에 내가 가장 강하기 때문입니다."

그그그그.

혈유일마의 옷이 부풀고 바닥의 흙먼지와 돌이 떠올랐다. 진자강의 머리카락과 옷깃이 휘날렸다. 자신의 내공으로 외부에 바람을 일으키고 있다.

빙글빙글 떠오른 돌조각들이 세차게 회오리쳤다. 패도적

인 기운이었으나 마기는 느껴지지 않았다. 오히려 불문의 내공이 느껴졌다.

"나를 막을 수 있을 정도로 당신이 그렇게 강하다면 애 초에 나를 죽이러 오는 게 나았을 것 같습니다만."

진자강이 손을 치켜들더니 따귀를 후려치듯 힘껏 손을 떨쳤다.

파앙!

진자강의 손짓에 혈유일마가 일으킨 바람이 찢기며 공간 에 구멍이 뚫렸다. 혈유일마가 역풍으로 거센 바람을 받았 다. 몸을 움찔하며 뒷걸음질을 칠 뻔했다.

혈유일마의 코에서 한 줄기의 코피가 흘렀다. 혈유일마 의 얼굴에 당혹함이 아니라 흥분의 느낌이 떠올랐다.

진자강이 혈유일마에게 달려들었다. 번개처럼 뛰어 혈유 일마의 얼굴에 무릎을 꽂았다. 혈유일마가 진자강의 무릎 을 밀어내며 허리를 앞으로 숙였다. 뒷발이 유연하게 꺾여 서 혈유일마의 허리 뒤로 올라와 진자강의 인중을 찼다.

진자강이 팔뚝으로 발을 막으며 팔꿈치를 그대로 눌러서 혈유일마의 머리를 찍었다. 혈유일마는 마치 미꾸라지처럼 몸을 흔들며 진자강의 바로 앞에서 몸을 빼내었다.

진자강은 혈유일마의 어깨를 덥석 잡았다. 혈유일마가 어깨를 털어 진자강의 손을 비껴 냈다.

그사이에 벌써 진자강의 발이 혈유일마의 복부에 꽂히고 있었다. 혈유일마가 손바닥으로 진자강의 발을 막았다. 진자강이 뛰어오르면서 연속으로 혈유일마를 걷어찼다.

팡! 파팡!

진자강의 힘을 감당해 내지 못한 혈유일마의 손가락이 부러졌다. 혈유일마가 몸을 옆으로 틀며 공중에 뜬 진자강을 비스듬히 올려 찼다.

날카로운 곡선이 허공을 갈랐다.

진자강은 피하지 않고 혈유일마의 정강이를 손가락으로 찍었다. 진자강의 손가락이 부러지거나 잘려 나갈 것처럼 보였으나, 오히려 정강이에 손가락이 박혔다.

푸욱! 손가락을 뽑아내니 정강이에 네 개의 구멍이 생겼다. 혈유일마가 절뚝거리면서 뒷걸음질을 쳤다.

순간 진자강의 살기가 짙어졌다.

퍽! 혈유일마의 코에서 코피가 더 심하게 터져 나왔다. 혈유일마가 코를 감싸 쥐며 한 걸음을 물러났다.

진자강이 싸늘하게 말했다.

"죽고 싶으면 계속 막고 있어도 됩니다. 나는 소림사로 올라가 내 눈으로 소림사의 의지를 확인하고 가겠습니다."

"아니, 그럴 필요 없습니다."

혈유일마가 코피를 닦으며 고개를 저었다.

그러더니 뒤로 손을 뻗었다. 뒤에 놓여 있던 기다란 목각 갑이 혈유일마의 손으로 날아왔다. 혈유일마가 부러진 손가락을 잡고 갑을 열었다.

그 안에 든 것은 긴 불장이었다.

녹옥불장!

소림사 장문인의 신물 녹옥불장이다!

"시주가 할 수 있는 일은 두 가지입니다. 이 녹옥불장을 가지고 돌아가 수만 명의 생명을 살리거나, 소림으로 올라가 참회동에 갇혀 있는 오백 명의 마두, 천 명의 승려와 싸우거나."

진자강은 곧바로 한 걸음을 성큼 내디뎠다.

"나는 태생적으로 협박을 매우 싫어합니다."

진자강이 혈유일마를 향해 살기를 뿜어냈다.

혈유일마는 전대의 고인이고, 반로환동까지 한 고수임에도 불구하고 혈유일마는 진자강의 독을 정면에서 받아 내지 못했다. 코피를 심하게 뿜으며 또 반걸음을 물러서야 했다.

"이야……."

혈유일마의 눈에서 감탄의 빛이 떠나지 않았다.

천고의 대살성.

정말로, 지독하게 강하다.

세간에서 들려오는 말이 결코 틀리지 않는다.

그래도 혈유일마는 말을 멈추지 않았다.

"독룡 시주. 그대가 대학살의 빌미로 파사고검을 앞세운 것은 매우 불합리한 처사였습니다. 시주를 신뢰하지 않는 이들뿐 아니라, 마교를 싫어하는 이들조차 적으로 돌린 것이니 그건 잘못된 일입니다."

혈유일마가 진자강을 향해 녹옥불장을 던졌다.

진자강이 녹옥불장을 받아들었다.

이것이 진자강더러 승려가 되라는 뜻은 아닐 것이다.

그러니 지금 진자강은 한 손에 현교의 성물을, 다른 한 손에는 소림사의 신물을 동시에 쥐고 있게 된 셈이었다.

혈유일마가 소리쳤다.

"대악(大惡). 그리고 대선(大善)! 세상을 정화하고자 하는 자라면 스스로의 선을 믿지 말고 자신의 안에 선악을 모두 품은 채 둘 사이에서 중심을 잡아야 할 것입니다!"

진자강은 파사고검을 빼 들고 녹옥불장과 동시에 번갈아 보며 생각에 잠겼다.

진자강이 녹옥불장을 맡았다는 것만으로 수만 명의 목숨을 구할 수 있다는 혈유일마의 말은 거짓말이 아니다.

소림사는 진자강에게 신물을 빼앗겼다는 오명마저 감수할 생각이다.

진자강이 녹옥불장을 가지고 돌아가게 되면 소림사와 진자강은 기이한 관계로 얽힌다.

소림사가 잘못된 행동을 하면 진자강이 녹옥불장으로 소림사를 징치할 것이요, 진자강이 잘못된 행동을 하면 소림사와 관련된 전체가 진자강에게서 녹옥불장을 회수하려 달려들 것이다.

한동안 고민하던 진자강은 녹옥불장을 되던지지 않고 손에 든 채 팔을 내렸다.

녹옥불장을 받아들이기로 한 것이다.

"녹옥불장을 받았다고 해서 자비를 베풀지는 않을 것입니다."

진자강의 답에 혈유일마가 숨을 헐떡이며 말했다.

"세상에 필요한 자비는, 죽을 자를 살리는 것이 아니라 죽지 않아야 할 이를 한 명이라도 더 구하는 데에 있습니다. 명분은, 죽이는 자가 아니라 죽는 자에게도 필요합니다."

진자강은 저도 모르게 혈유일마의 말을 되뇌었다.

명분은 죽이는 자뿐 아니라 죽는 자에게도 필요하다.

어쩌면 진자강이 바라 왔던 세상도 그런 세상이 아니었을까.

第六章

명분과 책임

　진자강이 산서를 치고 하남으로 넘어가 녹옥불장을 손에 넣었다는 소문은 강호에 큰 충격을 주었다.

　소림사마저 진자강을 막지 못하고 무릎을 꿇은 것이다.

　소림사의 저력은 강호에 알려진 것보다 더 깊고도 깊다. 수십 년 칩거한 전대의 고승들과 귀의한 마두들은 소림사의 숨겨진 전력이다.

　그런데도 어떻게 진자강에게 소림사의 신물을 고스란히 넘겨줄 수 있단 말인가! 자의로 넘겨주지 않는 한은 도저히 벌어질 수 없는 일이었다.

　이 초유의 사태를 어떻게 받아들여야 할지, 강호의 무인들은 혼란스러웠다.

벌써 수천 명을 학살한 진자강의 손에 시대를 상징하는 신물 두 자루가 쥐어져 있게 되었다.

마(魔)와 불(佛).

선(善)과 악(惡).

진자강이 휘두르는 칼은 대관절 어디의 편인 것인가.

강호인들을 더욱 혼란스럽게 하기라도 하려는 듯.

진자강의 행보는 녹옥불장을 손에 넣은 뒤부터 딱 멈춰 버렸다.

                    *   *   *

당청은 어이없는 눈으로 진자강을 쳐다보았다.

진자강이 차를 우려내고 있었다?

그것도 다기를 빌려 자못 진중하게.

워낙에 고수이니 찻물의 온도를 맞추는 것도, 우려내는 시간도 정확하고 손도 떨지 않는다. 몇 번 해 보더니 제대로 향을 담아내고 있었다.

쪼르륵.

진자강은 향이 마음에 들게 나왔다고 생각했는지 당청에게 따라 주었다.

"나 마시라고?"

"맛보십시오."

당청이 진지하게 되물었다.

"내가 쓸모없어졌느냐?"

"……그런 뜻 아닙니다."

"그럴 수 있지. 그런 뜻 아닐 수 있지. 근데 차를 우린 사람이 누군지 생각해 봐."

"접니다."

"네가 평소에 안 하던 짓을 하는데 그럼 천하의 누가 마실 수 있겠냐. 예전에는 네 독을 그럭저럭 버틸 만했는데 이젠 안 그래서 겁이 나는구나."

"죄지으신 거 있습니까?"

"많지."

당청이 앞에 놓인 차를 빤히 보다가 물었다.

"그런데, 녹옥불장을 준 게 혈유일마라고?"

"아십니까?"

"멸마승 무각이 출도했다는 얘기를 들었을 때 생각났다. 청해 밖의 마도 세력이 단 한 명의 소림승에게 멸망당할 뻔했는데 유일하게 살아난 자가 있었다고 했지."

"소림사에 있었습니다."

"죽었냐?"

"내공이 굉장히 깊었으니 살았을 겁니다."

"네가 살려 준 거겠지. 수라천둔을 발독시키지 않았을 테니까."

"한데 차는 안 드실 겁니까? 따뜻할 때 드시지요."

"왜 자꾸 차를 마시래. 수상하게."

진자강이 차를 더 권하지 않고 고개를 들었다.

"저는 이제까지 아무에게나 손을 쓰지 않았다고 생각했습니다. 그런데 당하는 입장에서는 다를 수 있다는 걸 자각하였습니다."

"당연하지. 너는 독룡이니까. 하지만 굳이 그렇게까지 깊이 생각할 필요가 있느냐?"

당청이 갸우뚱했다.

"죽을 놈들의 사정까지 챙겨서 무엇하게."

"그렇지요."

진자강은 잠시 생각에 잠겼다가 말했다.

"그러나 그것이 수많은 악의를 남기게 된다면 어떻게 될까요."

"복수하겠다고 달려들겠지. 애초에 그 정도는 각오한 것 아니냐?"

"제가 복수행 중일 때에는 누가 내게 복수를 하러 온다고 해도 상관없었습니다. 그러나 지금은 남겨진 삶을 살고 있습니다. 아귀를 치우고 그 자리에 악의가 남는다면, 그래서 아귀 대신 야차(夜叉)가 활개 친다면 지금의 제 행동도 무의미하지 않겠습니까."

"참 복잡하게 사는구나. 어쩌냐? 나는 이제 더 이상 그런 고민을 하며 살지 않을 게다."

당청이 히죽 웃더니 차를 홀짝 마셔 버렸다.

"젠장. 다도조차 잠깐 배우더니 향만큼은 내가 평생 마셔 온 어떤 차보다 훌륭하잖아. 풍부한 향은 없지만 찻잎이 가진 고유의 향만큼은 월등히……."

"독을 거르듯 향을 뽑아내 보았습니다."

당청이 흠칫했다.

진자강이 독을 뽑아내는 방법은 주로 섭식에 의해서다. 진액을 섭취하고 독을 체내에서 거르고 걸러 정수로 만든다.

"……."

주르르르. 당청은 마시던 그대로 찻잔에 내뱉었다.

당청은 옆에다가 연신 침을 뱉었다.

퉤 퉤.

그러곤 진자강을 째려보며 말했다.

"그래서, 언제까지 이러고 있을 것이냐. 기껏 섬서 무림을 궁지에 몰아넣었는데 여기서 포기할 생각은 아니겠지?"

"저들이 생각을 정리하도록 기다리고 있을 뿐입니다."

"저들이 생각을 정리하기 전에 몰아치려는 게 애초의 계획이었을 터인데?"

"그중에 다른 생각을 하는 자들이 나오기를 기대하고 있습니다."

"본래 너는 상대의 행동에 책임을 지게 하려는 목적으로 움직였고, 그것이 응징의 목적이었다. 해월 진인이 바라는 세상을 만들기 위해 그리하였지."

"내가 해월 진인 본인이 아닐진대, 그분이 바라는 세상을 만든다고 하여 어떤 의미가 있을지 돌아보았습니다. 그런 세상이 된다 한들 이미 그분이 계시지 않으니 이미 다른 세상입니다."

해월 진인이 말하였다.

자신을 죽이고 새 시대로 넘어가라고.

그것은 구시대의 청산을 의미하며 동시에 새로운 시대를 열기 위한 필요조건이었던 것이다.

당청이 물었다.

"행동에 대해 대가를 치르게 하지 않으면 네가 원하는 세상조차 오지 못할 텐데?"

"제가 죽인 이들의 대부분이 죽어 가는 순간에 그리 말하였습니다. 억울하다고. 그저 시킨 대로 했을 뿐인데, 왜 죽어야 하느냐고."

진자강은 처음 갱도를 나와서부터 죽인 이들의 죽음을 기억했다. 대다수가 그렇게도 억울해하며 죽음을 인정하지 못했다.

"누구나, 다들 한 일인데 왜 자신만 죽어야 하는지 오히려 제게 되물었습니다."

"사람은 누구나 자신만의 기준이 있고, 그 기준에 의해 행동했을 때 그것이 악이라는 걸 인지하지 못한다."

당청의 표정도 진지해졌다.

"그래서? 이대로 살려 주면 놈들은 기가 살기만 할 뿐이다. 사람의 본성은 비열하기 짝이 없어서 어떤 식으로든 대가를 치르게 만들지 않으면 잘못을 알지 못하게 된다."

"살려 주지 않습니다. 앞으로도 지금까지와 똑같습니다."

당청은 진자강의 말이 무엇을 의미하는지 알아챈 듯 의미심장한 미소를 지었다. 그러나 물었다.

"그럼 뭐가 달라지지?"

"행동에 대한 대가보다 명분에 대한 책임을 지도록 만들겠습니다."

명분은 많은 사람들이 인정하는 집단의 공통적인 기준이고 행동에 정당성을 부여한다.

이제까지는 무림총연맹 대 진자강 개인의 싸움이었다면, 그것을 명분의 대결 양상으로 격상시키겠다는 뜻이다. 명분으로 인한 싸움에서 죽게 된 자들은 분할지언정 억울해하지는 않게 되지 않겠는가.

진자강은 또 한 번 성장했다.

당청이 가만히 진자강을 바라보았는데, 그 눈빛에 물기가 어려 자못 말랑거렸다.

"뜻을 품고 세상에 나와[靑雲之志] 성공하여 이름을 떨치더니[立身揚名], 마침내는 따르던 스승의 뒤를 벗어나[靑出於藍] 스스로의 뜻을 세우기 시작하였구나[立志]. 이제는 너의 시대다. 그 누구도 너를 업신여기지 못할 것이야."

당청의 진심이 흘러나왔다.

"파사고검과 녹옥불장. 누군가에게는 그것이 권력의 상징일 수도 있겠으나, 네게는 굴레이자 고삐이며 또한 각성의 증표가 되었구나."

진자강이 천천히 말을 꺼내었다.

"그래서 말씀드리건대."

진자강이 당청을 보며 말했다.

"굳이 죽을 자리를 찾지 않으셔도 됩니다."

당청이 움찔했다.

"뭐뭐. 갑자기 누가 죽는다고 난리냐?"

"천하의 염왕이 자존심을 꺾고 지금까지 살아 있는 건, 속죄하기 위해서가 아닙니까."

"흥. 이상한 말을 하는구나. 나는 그런 자존심 없다."

진자강이 갑자기 자리에서 일어섰다. 그러곤 소매에서 한 줄기 풀을 꺼내 입에 물었다.

당청은 이상한 분위기를 느끼고 따라 일어서려다가 몸을 휘청거렸다.

"어어?"

당청의 표정이 당혹감으로 물들었다.

쿵.

일어서지 못하고 무릎을 꿇었다.

"뭐, 뭐야. 너 지금 내게 독을 쓴 거냐?"

당청은 당황했다.

왜?

진자강이 말했다.

"정말 이젠 버티지 못하시는군요."

당청의 얼굴이 험악해졌다.

"장난으로 하는 짓이면 당장 해독해라. 이게 무슨 짓이야!"

"제가 해독약을 가지고 다니지 않는 걸 잊으셨습니까? 범도 잠재울 만한 양의 마비 독이라 한동안은 쉬셔야 할 겁니다."

진자강은 하도 마비초를 씹어서 턱이 아팠는지 턱을 매만졌다. 그러곤 당청을 보며 말했다.

"말씀드렸듯이 제 개인적인 복수는 아귀왕을 죽일 때 이미 끝났습니다. 제게 할아버님의 죽음까지 덤으로 얹으려 하지 마십시오. 자신의 죽음에 대한 명분은 앞으로 다시 찾으셔야 합니다."

"너 이노옴! 예쁘다 예쁘다 하였더니 아주 건방지게 기어오르는구나!"

당청은 의식은 멀쩡했으나 몸이 움직이지 않아 앞으로 넘어졌다.

당청이 마구 욕을 퍼부었다.

진자강은 쓴 미소를 지었다.

"그러게 차를 우린 사람이 누군지 알면서 왜 드셨습니까."

당청은 계속해서 욕설을 퍼붓다가 이후엔 목소리도 내지 못하고 결국 의식을 잃었다.

진자강이 풀을 씹으며 당청의 수하 문사들에게 말했다.

"조용한 곳에 모셔 주십시오."

문사들이 당청을 옮겼다.

진자강은 실려 가는 당청을 보았다. 아직까지는 당청이 필요했다. 명분을 앞세우게 된다면, 명분과 명분의 싸움이 된다면 싸움의 양상은 더욱 치열해질 것이다. 한 번 한 번의 싸움이 곧 자신의 신념에 대한 증명이 된다.

그러나 당청이 죽을 자리를 찾아다니는 걸 알면서 계속 당청과 다닐 수는 없었다.

특히나 앞으로 진자강이 하려는 일을 알게 되면, 당청은 죽음을 결심할 것이다.

그것이 이번 섬서행을 앞두고 당청을 제외한 이유였다.

또한 만일 섬서에 백리중이 오게 된다면, 당청은 반드시 죽는다.

"적어도, 아직은 가실 때가 아닙니다."

아그작.

진자강은 새 풀을 꺼내 씹었다.

이어 부인인 당하란과 청성파의 복천 도장, 그리고 단령경에게 서신을 보내어 자신이 앞으로 할 일에 대해 허락을 구하였다.

*   *   *

이제껏 진자강은 강호에 자신의 뜻을 피력한 적이 없었다.

그저 죽음을 불러오는 죽음의 신일 뿐이었다.

그런데.

그 진자강이 강호에 처음으로 포고하였다.

무려 네 편이나 되는 장문의 글로 자신의 상황과 뜻을 기술하였다.

첫 편에는 진자강의 출신과 백리중과의 만남을 적었다. 조정관이었던 백리중이 어떻게 독문과 내통하여 운남의 독문을 뒤에서 밀어주었는지, 어떻게 진자강이 지독문에 복수했는지를 설명했다.

두 번째 편에는 청성파의 무암 존사와의 사이에서 얽힌 이야기를 풀어내었다. 단령경의 가문이 마교의 주구가 되어 멸문된 이유를 적었다. 옥허구광 오뢰합마공의 기원에 대해서 서술한 것은 물론이었다.

세 번째 편에서는 백리중이 해월 진인을 배신하였으며 아비앵화단을 만들어 강호의 여론을 움직이고, 현교를 끌어들인 소금 사건을…… 해월 진인의 귀천과 함께 담담하게 기술했다.

네 번째 편에서는 마침내 옥허구광 오뢰합마공의 부작용을 언급하였다.

탐욕이 깊어지면, 뇌부의 겁살마신이 육체와 정신을 지

배하게 된다…….

그리고, 대불의 죽음을 목도한 당시를 적었다.

진자강의 일설(一說)에 강호가 또다시 뒤흔들렸다.

특히나 백리중에 대해서 적은 내용은 몇 번을 읽어도 반신반의할 정도로 충격이 컸다.

진자강의 폭로에 따르면 백리중은 천하의 대협객이 아니라 천하의 개잡놈이 아닌가!

심지어 사람을 잡아먹는 아귀라니!

소름이 끼칠 일이었다.

그간 백리중에 대해 안 좋게 떠돌던 소문에 대해 공개적인 증언이 최초로 나온 것과 마찬가지였다. 진자강의 설명을 보면 그간 강호에서 벌어진 일이되, 설명되지 않던 일들이 모조리 앞뒤가 들어맞았다.

진자강이 현교의 파사고검과 소림사의 녹옥불장을 동시에 지닌 채 이러한 사실을 털어놓은 것은 더욱 의미하는 바가 컸다.

하지만 진자강을 신뢰할 수 있다고 해도 진자강이 폭로한 내용을 신뢰할 수 있는가는 또 다른 문제였다.

이번에야말로 강호는 지극한 대혼돈에 휩싸였다.

　사실 진자강의 과거는 많은 이들의 흥미를 끌 만한 소재
거리였다. 어떻게 독룡이란 거물이 탄생되었는지 강호인이
라면 궁금하지 않을 수가 없었다.

　"열 살에 지독문을 멸문시켰다고?"

　"제독부의 망료 고문이 바로 그 지독문 출신이라면서.
그럼 금강천검하고 내통한 후에 모종의 거래가 있었다고
봐도 무방한 거 아냐?"

　사람들이 수군거렸다.

　"아니, 그리고 단씨 가문이 갑자기 마교와 내통을 했다
고 멸문시킨 것도 좀 이상하긴 했어."

　"그게 옥허구광 오뢰합마공이란 비급 때문이었다는 거지?"

　"그런데 산동요화가 가진 비급은 원본도 아니었고, 무암
존사가 마음에 두어 전수했던 거라니⋯⋯."

　당장에 자신들이 처한 상황만 아니라면 구운 콩을 까먹
으며 다른 이들과 흥미진진하게 떠들어 댔을 얘기였다.

　그러나 마냥 호기심만 충족시키고 있을 수는 없었다. 잠
시 살행을 멈춘 진자강이 다시 행동하는 순간, 불벼락이 떨
어지게 될 대상이 바로 자신들인 것이다.

　　　　　*　　　　*　　　　*

　진자강의 행보에 따라 대응하려던 섬서 무림은 예상을 뛰어넘은 일에 아무런 대응도 하지 못했다.

　종남파에서 다수의 이들이 화산파를 찾았다. 종남파의 문주 야강도인이 물었다.

　"독룡의 포고를 보셨소이까?"

　화산파의 풍사가 인정했다.

　"모두 읽었습니다."

　"어떻게 하실 셈이오?"

　"어떻게 하다니요? 독룡이 말도 되지 않는 얘기를 떠들어 댔다고 하여 흔들릴 필요가 없지요."

　"만일 독룡의 말이 맞다면 어찌할 것이오."

　풍사가 답했다.

　"설사 그렇다고 해도 독룡이 우리의 적인 것은 변하지 않습니다. 우리가 이제 와 물러선다고 독룡이 우리를 가만히 놓아두겠습니까? 어차피 해야 할 일이 변하지 않는데 쓸모없는 몇 마디에 현혹될 이유가 없습니다."

　야강도인이 미간을 찌푸렸다.

　"빈도는 독룡이 적이냐 아니냐를 따지고픈 것이 아니오. 싸움에서 물러서지도 않을 것이오. 그러나 독룡이 무턱대고 살수를 펼치다가 갑자기 입장을 표명하였으니, 그게 걱정되는 것이외다."

"우리가 그것을 왜 걱정하여야 합니까."

"풍사, 생각해 보시오. 독룡의 태도가 언제 변하였소이까?"

"그것은……."

풍사의 얼굴에 아차 싶은 감정이 스쳐 갔다.

진자강의 태도가 변한 것은 소림사에서 녹옥불장을 건네받은 이후다!

화산파처럼 굳건하게 백리중의 편에 있는 문파의 입장은 바뀌지 않을 것이나, 여타의 문파들은 다르다.

진자강의 태도가 급변한 것이 소림사의 영향을 받은 것이라고 볼 수 있다. 그러니 소림사가 순순히 녹옥불장을 건네었다고 생각할 수 있는 것이다!

그렇다면, 소림사도 진자강의 말이 맞다고 인정한 것처럼 생각되지 않겠는가!

풍사가 입술을 비틀고 어금니를 질끈 물었다.

야강도인이 굳은 얼굴로 말했다.

"입장을 표명한 시기가 참으로 절묘하고도 교묘하오. 만일 독룡이 이 같은 일을 미리 계산하고 한 행동이라면……."

뒷말을 잇지 않아도 알 수 있었다. 야강도인과 풍사의 대화를 듣고 있던 종남파와 화산파의 장로들이 마른침을 삼켰다.

최악의 상대!

독종. 열 살에 독문의 일파를 궤멸시킨 독종이 십 년이 지나 무력에 지모까지 갖춘 강호 최악의 상대가 되어 돌아왔다.

야강도인이 말했다.

"이제 인정하지 아니할 수가 없소. 싸움의 양상이 바뀌었소이다. 금강천검은 최대한 무림총연맹과 독룡 개인의 싸움으로 끌고 가려 하였으나, 독룡이 명분을 내세운 지금…… 확전이 불가피하게 된 거요."

풍사가 강하게 의견을 냈다.

"여전히 명분은 우리에게 있습니다. 독룡이 한 거라고는 그저 몇 마디 말뿐이외다."

"풍사……."

야강도인이 말했다.

"지금껏 독룡은 자신의 앞을 가로막는 자를 모두 죽였소. 독룡을 대적하는 자는 독룡을 적대시한 데 대한 책임을 져야 했소. 그러나 명분의 싸움은 다르다는 걸 알잖소."

야강도인이 깊이 탄식한 뒤 말을 이었다.

"명분의 싸움이 되면 선택에 대한 책임이 아니라 게으름에 대한 책임을 지게 되는 것이오."

게으름!

"명분과 명분의 싸움에서는, 모든 개인이 그 명분이 올바른지 아닌지를 알아보아야 할 책임이 생기오. 보고 듣고 조사하고…… 어느 쪽 명분을 따르느냐에 대한 모든 결정과 판단이 자신의 책임이 되오."

풍사가 언성을 높였다.

"독룡은? 그에 비하면 독룡은 아무것도 하지 않은 채 겨우 몇 마디 말로 사람들을 선동하고 남에게 다 책임을 미루고 있지 않소이까!"

"아니. 그는 가장 막중한 책임을 지고 있지. 바로 자신의 명분을 증명할 책임."

풍사의 얼굴이 일그러졌다.

자신의 명분을 증명한다.

그 말은 곧…….

자신이 내세운 명분을 증명하기 위해서 이전보다도 더 지독한 짓을 할 수도 있다!

풍사가 무례하게도 야강도인의 말을 잘랐다.

"그만! 그러한 얘기는 더 이상 할 필요가 없소이다. 그만 둡시다."

"아니, 풍사. 외면하여서는 아니 되오. 마구 사람을 죽이던 자를 상대할 때에는 모두가 우리 편이었소. 하지만 이제는 달라질 것이오."

야강도인이 말을 덧붙였다.

"우리는 최악의 상황에 몰린 거요."

"그래서……."

풍사의 입술이 또 비틀렸다.

"종남파는 이번 일에서 물러서시겠다는 겁니까?"

야강도인이 잠시 생각하다가 말을 이었다.

"독룡은 본 파의 제자 표상국을 죽이고 인자협과 좌박, 우상 종남쌍검을 해쳤소."

"우리 또한 마찬가집니다. 독룡은 본 파의 제자들을 해치고 죽였습니다. 이를 알고도 내버려 둔다면 강호가 우리를 우습게 여길 것입니다."

"그러나……."

야강도인이 말을 끊었다.

"독룡은 일전에 소림사의 석금강에게 죽은 본 파와 귀파의 시신을 수습해 준 적이 있었소이다."

"……."

풍사의 말이 딱 멈추었다.

"근 백 명에 이르는 수였지. 석금강의 뒤를 쫓아 당가대원으로 가는 그 바쁜 와중에 말이오."

"……."

종남파도 화산파의 장로들도 아무런 말을 하지 않았다.

"독룡은, 싸움에 임하는 동안엔 상대를 무참히 죽였소. 누가 봐도 사람이 할 짓이 아니라고 할 만큼 잔인하였소. 그러나 싸움이 아닌 상황에서는 인륜(人倫)을 지켰소. 우리는 그에게 빚을 졌소. 인륜을 지킨 자와 은혜를 입고도 모른 척하는 자. 사람들은 우리를 그렇게 생각할 것이오."

누구도 반박하지 못했다.

그것은 분명 진자강이 한 일이었으니까.

아무 말도 하지 못하는 이들을 본 야강도인이 고개를 위로 들었다.

그러곤 하늘을 보고 탄식하며 말했다.

"이제 그 독룡이 대의명분까지 갖추게 되었으니…… 누가 우리의 편에서 독룡과 싸우려 하겠소이까!"

*　　　*　　　*

단령경은 울었다.

한 팔을 잃었을 때에도 울지 않았던 단령경이었다. 진자 강이 강호에 모든 사실을 알리겠다고 했을 때에도, 누가 믿 겠느냐며 반신반의했다.

그러나 진자강이 강호에 전한 포고문을 보고는 더 이상 감정을 참지 못했다.

수십 년. 수십 년 동안 무고함을 외쳐 왔다. 그러나 아무 도 들어 주지 않았다. 백리중이 쌓은 벽은 너무도 높고 견고 해서, 단령경이 아무리 외쳐도 강호의 무인들은 그 소리를 듣지 못했다. 들어도 믿지 않았다. 단령경은 죄 없이 죽어 간 가문 식솔들의 복수도 할 수 없었고, 누명도 벗기지 못했다.

그런데 지금, 단씨 일가의 누명이 전 강호에 알려졌다.

사람들이, 사람들이 들어 주고 있다. 단씨 일가의 멸문에 대해 의구심을 갖기 시작했다.

단령경이 수십 년간 갖고 있던 그 응어리가…… 수십 년 동안 속에 맺힌 한이 복받쳐서…… 눈물로 터져 나왔다. 옆 에서 듣고 있는 이마저 가슴이 아플 만큼 서럽게 울었다. 그만한 고수가 다리에 힘이 풀려 자리에 주저앉았다. 외팔 로 땅을 짚고 하염없이 눈물을 쏟아 내었다. 숨이 넘어갈 만큼 울었다. 소소가 단령경의 눈물을 닦아 주다가 함께 울 었다. 운정도 편복도, 옆에 서서 함께 울었다.

많은 이들이 단령경의 주위로 몰려들었다. 피를 토해 내

듯 울고 있는 단령경을 보는 그들의 눈도 붉어졌다. 눈물이 그렁그렁했다. 일반 무사들조차도 입을 꾹 다물고 괜히 고개를 돌리며 눈물을 훔쳤다.

당가를 찾아왔던 식객들, 젊은 무인들은 가슴을 울리는 단령경의 절절한 울음에 깨달았다. 단씨 일가에 대한 강호의 평은 잘못되었다. 단령경의 사연은, 진자강의 말은 사실이었다.

복천 도장이 눈시울이 붉어진 채, 단령경의 앞으로 가 한쪽 무릎을 꿇고 앉았다. 단령경은 눈물이 범벅이 된 얼굴로 복천 도장을 올려다보았다.

"미안합니다. 미안합니다, 도장! 청성파에 폐를 끼쳐서……."

청성파의 무암 존사와 단령경의 이야기는 단령경에겐 단씨 가문의 누명이 풀리는 기회였으나, 청성파로서는 무암 존사의 명예가 떨어지는 얘기일 것이었다.

복천 도장이 고개를 천천히 저었다.

"아닙니다. 사형은…… 자신의 마음을 감추고 산 걸, 그때에 용기를 내지 못한 걸 평생 후회하며 살았습니다. 나 또한 한 여자를 평생 바라보며 사는 사형이 밉고 부끄러웠지요. 그러나…… 이제야 알 것 같습니다."

복천 도장은 눈물을 꾹 참고 말했다.

"그대와 같은 억울함을 지고 사는 사람을 옆에서 보았다

면…… 나라도 안타까워 견딜 수가 없었을 것입니다. 알고
도 구하지 못한 죄책감에 평생을 괴로워하였을 겁니다. 하
물며 그이가 연모하던 이였다면 더더욱. 사형은…… 내가
도사 같지 않다고 싫어하던 사형은 이 세상 누구보다도 선
한 사람이었습니다. 내가 지난날, 사형을 탓하거나 말리지
않고 사형이 속세로 돌아가도록 용기를 주었더라면…… 사
형에게도 그대에게도 이런 일은 벌어지지 않았을 것을."

복천 도장의 눈에서도 결국 한 줄기의 눈물이 흘렀다.

"후회합니다. 그때에 사형을 돕지 못한 것을. 평생 한을
품고 힘들게 살아간 나의 사형을 미워한 것을."

무암 존사뿐 아니라 복천 도장 또한 같은 마음의 짐을 지
고 있었던 것이다.

복천 도장이 운정을 청성파에서 내보내기로 마음먹은 것
또한 무암 존사에 대한 복천 도장의 사죄였다.

단령경이 외팔로 복천 도장의 팔을 잡고 더 크게 울었다.
복천 도장은 고개를 숙였다. 복천 도장의 턱에서도 수염을
타고 눈물이 흘렀다.

복천 도장이 눈물을 삼키며 억지로 말을 내었다.

"우리에게 누를 끼쳤다 생각 마십시오. 사형이 살아 있
었다면, 지금 분명히…… 웃고 있을 겝니다."

　　　　　*　　　　*　　　　*

　단령경과 달리 당가의 분위기는 상당히 침울하였다.

　진자강은 염왕 당청이 벌인 일까지 숨기지 않고 모두 폭
로했다.

　당청이 무림을 집어삼키려 했고, 그로 인해 소금 사달이
일어났으며 민간에 피해가 났다는 건 부정할 수 없는 사실
이었다.

　진자강이 자신의 처가인 당가의 치부까지 드러낸 탓에
당가에 대한 여론도 백리중에 대한 반발심만큼이나 악화되
었다.

　당하란이 최선을 다해 배상을 하고 뒤처리에 나서지 않
았다면, 당가는 지금쯤 최악의 상황에까지 이르렀을 것이
다. 당하란의 대처가 빛을 발해 오히려 당가의, 정확히는
당하란의 편을 드는 이들이 생기기도 하였다.

　장로들은 진자강의 행동을 반기면서도 후폭풍을 걱정했
다.

　"앞으로 어찌해야 할지 모르겠군요."

　"강호가 우리를 좋지 않은 눈으로 보고 있습니다."

　"무림총연맹과의 싸움에 우리가 끼어들어야 할지, 말아
야 할지…… 어느 쪽이 옳은지도 모르겠습니다."

"함부로 끼어들면 독룡 대협이 피해를 입을 수도 있고."

당하란이 답했다.

"그건 어려운 일이 아닙니다. 그는 내 남편이고 식구입니다. 올바른 길을 가는 남편을 돕는 것이 세상의 어떤 명분보다 더 중합니다."

의외로 간단한 답변에 장로들은 저마다의 얼굴을 돌아보았다.

당하란의 총명함과 명쾌한 판단에 무거웠던 마음이 가벼워졌다.

세상은 흑과 백으로만 존재하는 것이 아니다.

때로는 가장 기본적인 인간으로서의 천륜이 모든 명분을 앞서기도 한다.

장로들이 끄덕였다.

믿고 나아갈 수 있는 존재가 있다는 게 이리도 든든한 것을.

당하란은 더 이상 가주 대행이 아니다. 당가의 누구도 당하란을 대신할 가주가 될 수 없을 것이다.

그리고 그 시각에…….

마침내 진자강이 섬서로 향하고 있었다.

            *   *   *

섬서 무림은 극도의 긴장 속에서 진자강을 맞이할 준비
를 했다.

섬서를 치지 않고 하남을 지나 남창으로 갈 줄 알았으나,
그게 아니었다.

이제 와 보니 섬서만 빼고 주변을 쳐서 섬서를 고립시킨
형태였다. 호광으로 내려가서 바로 남창까지 달아나는 길
만이 열려 있었다. 만일 그 길목을 진자강이 지키고 있으면
사지로 가는 꼴이 되고 만다.

하여 화산파의 풍사는 백리중에게 전서구를 보내 도움을
청했다. 사방으로 오십 마리의 전서구를 날렸다. 혹시나 진
자강에게 전서구가 차단될까 봐 퍼뜨린 것도 있지만, 백리
중에게 도움을 청한 것이 다른 이들에게도 알려지길 바라
는 마음도 있었다.

섬서는 백리중의 가장 큰 지지 기반이다. 이대로 진자강
에게 당하게 내버려 두면 백리중에게는 굉장한 손해가 된
다. 그러나 무림총연맹의 발기(發起)를 앞에 두고 백리중이
움직이기 곤란한 상황일 수도 있었다.

하여 일부러 대외적으로 도움을 청했다는 걸 드러나게
만든 것이다. 백리중이 섬서 무림의 도움을 거절하지 못하

도록 압박한 셈이다.

그러나…….

백리중은 섬서 무림의 생각보다, 진자강의 생각보다도 더 위험해져 있었다.

＊　　　＊　　　＊

"화산파에서 내게 도움을 청해?"

보고를 받은 백리중의 표정은 시큰둥했다. 단순히 연락을 알리기 위해 왔을 뿐인 백리가의 문사가 더 불안해졌다.

"그렇습니다. 당금의 무림에서 독룡을 상대할 수 있는 분이 오직 대협뿐이시라고…….."

백리중이 코웃음을 쳤다.

"그러면 안 되지."

"예?"

"독룡을 죽여 버리는 건 언제든 가능하다. 하지만 독룡을 죽이기 위해 무림총연맹을 세웠는데, 내가 지금 독룡을 죽여 버리면 무림총연맹은 어찌 되느냐."

문사가 당황했다. 무림총연맹을 세운 게 진자강 때문이라고?

그런 비약은 너무 과하지 않은가.

"하, 하지만······ 화산파의 전서구가 수십 군데의 경로를 거쳐 왔습니다. 만일 거절한다면 강호의 모든 문파가 이를 알게 됩니다."

"그래서?"

백리중은 조금도 개의치 않고 반쯤 구워 핏기가 비치는 멧돼지의 고깃덩어리를 물어뜯었다.

"죽으라고 해. 그래야 겁을 먹고 더 내게 살려 달라 아우성을 치지. 많이 죽으면 죽을수록 진심으로 나를 지지하는 자들은 더 늘어날 것이야. 왜 그런지 아느냐?"

"모, 모르겠습니다."

백리중이 고깃덩어리로 문사의 뺨을 철썩철썩 두드렸다. 문사의 뺨이 핏물과 번들거리는 기름으로 얼룩졌다.

"멍청한 놈. 머릿수가 줄어들수록 나눠 먹을 것이 많아지는 게 당연하지 않으냐. 그래야 돌아가는 이익도 커지지."

백리중은 질긴 고깃덩어리를 힘줄까지 모조리 씹어먹었다. 그러더니 문사를 보며 눈을 빛냈다. 백리중의 광기 어린 눈빛에 문사가 덜덜 떨었다. 백리중은 손을 뻗어서 문사의 머리를 움켜쥐었다. 말총으로 만든 관이 구겨졌다. 백리중이 문사의 머리를 앞으로 당겼다.

문사는 놀라서 비명도 지르지 못했다.

백리중이 혀를 길게 내밀어 문사의 뺨에 붙은 핏물과 기름을 핥았다.

그르르르르.

늑대가 내는 듯한 작은 목 울림 소리에 문사는 전신에 소름이 돋았다.

백리중이 나지막이 말했다.

"앞으로는 제 잘난 척 뻣뻣하게 고개를 세우는 놈들은 필요 없다. 본 맹주는 해월처럼 물러터져서 이놈 저놈 다 받아들이진 않는다. 내 눈에 들기 위해 악을 쓰고 무슨 일이든 할 광적인 추종자들로 새로운 무림총연맹을 채울 것이다. 알겠느냐?"

문사는 덜덜 떨면서 고개를 끄덕였다.

문사의 뇌리에 가장 오래 백리중을 섬겼던 모사꾼 심학이 떠올랐다.

심학은 평범하다 못해 다소 모자라기까지 한 이였다. 상계 출신이라 회계는 잘 다루었으나 모사에는 당연히 소질이 없었다.

그런데도 백리중은 심학을 중용했다.

그 이유를 정작 본인인 심학만 빼고 모두가 다 알고 있었다.

범인(凡人)을 옆에 두어야 범인들이 무슨 생각을 하는지 알 수 있으니까.

그때는 다들 백리중이 너무 뛰어나서라고만 생각했다. 평범한 이들의 생각을 알아야 그에 맞추어 전략을 수립할 수 있으니 말이다. 너무 몇 단계나 앞선 수를 두면 오히려 평범한 이들은 걸리지 않는 법이다.

그러나 백리중이 완연한 날것 자체로의 본성을 드러내게 되면서 백리중의 주변인들은 자신들의 생각이 완전히 틀렸다는 걸 알게 되었다.

그것은 백리중이 너무 뛰어나서가 아니었다.

말 그대로 평범한 사람인 심학은 오히려 백리중이 패륜(悖倫)의 길을 가지 않도록 앞을 밝혀 주는 길잡이였던 것이다…….

그 심학이 없는 지금.

백리중은 마음껏 패도(悖道)를 종횡(縱橫)하고 있었다.

*　　　*　　　*

섬서 무림의 무인들은 화산과 종남산의 가운데에 있는 산양에서 백리중을 기다렸다.

종남파의 야강도인이 풍사에게 물었다.

"연락이 없소?"

풍사가 고개를 저었다.

"답장도?"

풍사가 다시 고개를 저었다.

"아무래도 금강천검은 오지 않을 모양이군."

야강도인의 말에 모인 무인들이 분개했다.

"우릴 버리다니!"

"우리가 정의회를 위해 얼마나 애를 썼는데!"

풍사가 모인 무인들의 수를 어림잡아 세었다.

"많아야…… 오백."

처절할 정도로 초라한 수였다.

족히 삼사천 명 이상은 모일 수 있었다. 섬서 무림은 모두가 백리중을 지지하는 쪽이었다. 모두가 모이면 최대 일만 명까지도 가능했을 터였다.

그런데 진자강이 인근 지역을 모조리 쓸고 다니며 섬서 무림을 고립시키고 그에 맞는 명분마저 내세우자, 상황이 변했다.

싸우며 죽는 것은 무인의 자긍심이다. 그러나 명분도 없는 싸움에서 죽는 것은 개죽음만도 못하다. 차라리 달아나거나 자신의 문파와 식솔들을 지키다 죽는 것이 훨씬 무인다운 죽음이라 다들 생각한 것이다.

그리하여 모인 것은 고작 오백여 명.

비참하기까지 한 투로 풍사가 푸념했다.

"이 정도일 줄은 몰랐군. 우리만 멍청한 것인가, 아니면 우리만 절개를 지킨 것인가."

"곧 판가름이 나겠소이다."

야강도인이 앞을 가리키며 쓴 미소를 지었다.

모두가 앞쪽을 쳐다보았다.

진자강이 오고 있었다.

절룩 절룩.

특유의 걸음으로, 입에는 풀 한 줄기를 물고.

왜 저만한 고수가 아직도 발을 절고 있는가는 참으로 의문이었다. 그러나 간혹 외발인 경우에도 대단한 고수가 나오기도 하므로 주의 깊게 보는 이는 없었다.

그저 진자강이 발을 절며 오는 특유의 흔들림이 더욱 공포스럽게 느껴질 뿐이었다.

무인들이 반원형으로 모여 진자강을 둘러쌌다. 오백 명이 둘러쌌는데도 진자강은 전혀 위축되지 않았다. 사방이 산으로 둘러싸인 지형을 둘러보며 덤덤하게 말했다.

"이곳을 무덤으로 삼으실 생각입니까?"

풍사가 나섰다.

"화산은 천하명산이다. 너 같은 것이 함부로 더럽힐 만한 곳이 아니지."

진자강은 표정 하나 변하지 않고 대답했다.

"상관없습니다. 당신이 죽은 뒤에 가서 더럽히면 되니까."

풍사의 얼굴이 일그러졌다.

되로 주고 말로 받았다. 진자강을 격분시키려 하였는데 오히려 자신의 기분이 더 나빠졌다.

야강도인이 웃었다.

"하하하하! 정말로 기가 막히는군."

진자강이 쳐다보자 야강도인이 자신을 소개했다.

"나는 종남의 야강일세. 독룡의 말재주가 무공보다 뛰어나다더니, 그 말재주로 소림사까지 설득한 건가?"

"진자강입니다. 도사의 말씀이 잘못된 바가 있어 바로잡겠습니다. 설득당한 건 소림사가 아니라 나였습니다."

"소림사가 설득을 하는 입장에서 녹옥불장까지 내주었다니, 다소 납득하기 어려운 일이로군. 누가 봐도 살기 위해 보물을 내놓고 애걸복걸한 모양새가 아닌가."

"괜찮습니다. 내가 당신들을 죽이러 온 입장임에도, 굳이 화산이나 종남산으로 가지 않고 이곳에 온 것과 마찬가지입니다."

"배려했다는 겐가?"

"소림사의 덕분이니까 소림사에 감사하시란 뜻입니다."

"허어."

소림사가 자존심이나 외부에서 보는 시선에 연연해서 진자강을 설득하지 않았다면, 진자강은 적대하는 모든 문파를 멸문시켰을 거라는 얘기다.

"종남산도 화산에 못지않은 명산이지. 한번 들러 볼 만은 할 걸세."

"지금은 바쁘니, 나중에 기회가 있다면 들러 보겠습니다."

야강도인의 얼굴이 다소의 놀람과 안도감이 돌았다.

진자강이 종남산에 남아 있는 제자들을 죽이지 않겠다고 선언한 것과 마찬가지였다. 소림사 덕분에 명분의 싸움이 되면서, 모조리 죽일 필요가 없어졌다. 이 자리에 있는 대표들을 죽이는 것만으로 족하다.

진자강의 뜻이 그대로 전해졌다.

한데 진자강이 잊었다는 듯 한마디를 보탰다.

"화산은 모르겠습니다. 천하명산이라고 하니 바쁘더라도 꼭 가 봐야 할 것 같다는 생각이 드는군요."

진자강이 굳이 가겠다고 하면 유람을 가겠는가? 각오를 해야 할 것이다. 풍사는 자신이 한 말을 고스란히 돌려받은 셈이었다.

풍사가 분노하여 소리쳤다.

"그 정도 협박으로 화산의 정기를 끊으려 한다면 착각이니라!"

진자강이 풍사를 보며 답했다.

"착각은 그쪽이 하고 있습니다. 내가 왜 협박을 합니까."

"뭐?"

"난 그쪽이 협박을 할 만한 가치가 있다고 전혀 생각하지 않습니다."

화산파와 풍사의 얼굴은 붉게 타올랐다.

"이, 이, 이놈이 감히……!"

야강도인이 길게 탄성을 냈다.

"본인의 생각은 확고하나 남의 말이 합당하면 귀 기울일 줄 알고, 상대의 무례에는 가차 없으나 예를 다하면 똑같이 예로 대한다. 굉장한 친구야."

야강도인은 진자강을 빤히 보았다. 그러나 도발적인 눈빛은 아니었다. 진자강에 대한 호기심, 혹은 감탄이었다.

야강도인이 검집에서 검을 꺼내고 검집을 버렸다.

종남파와 화산파의 무인들이 놀라서 눈을 휘둥그레 떴다. 검집을 버리는 것은 다시 넣을 일이 없다는 뜻이다. 필생(畢生)의 적을 만났을 때 할 법한 행동이다.

야강도인이 검을 거꾸로 하여 검날을 아래로 향하고는 손잡이를 반대쪽 손으로 감싸 포검했다.

"일전에 본 파의 제자들 시신을 수습해 준 데 대해 문주로서 감사 인사도 전하지 못했군. 이제야 감사의 말을 전하네."

진자강도 포권으로 답했다.

"별말씀을."

"진작 대화를 할 자리가 있었다면 참 좋았을 거라는 생각도 들고…… 이제 와 아쉽다는 생각도 드네. 우리 종남은 자네와 특별히 적대할 이유는 없었을 터이거늘."

"그랬으면 좋을 텐데, 하필 대화를 하러 온 분이 인자협 불기 선생이셨더군요."

종남의 미친개 불기.

야강도인이 크게 웃었다.

껄껄껄.

"아아, 그건 정말 내 실수네. 그 한 번의 실수가 우리 종남의 운명을 갈랐나. 독룡을 잡으려면 불기 정도는 가야 한다고 생각했거든."

야강도인이 천천히 검을 세우고 내공을 끌어 올리며 기수식을 펼쳤다.

"그런데 빈도는 불기의 사형일세. 세상에서 그를 미친개니 뭐니 불러도 내게는 둘도 없는 사제였지. 오늘 불기가 못다 한 일을 내가 하고자 하는데 어찌 생각하시는가?"

진자강을 대하는 말투가 자못 정중했다.

불기를 죽인 것은 진자강이 아니다. 그러나 불기의 대리라고 한다면 충분히 싸울 이유가 된다.

진자강은 잠시 생각하다가 수긍했다.

"좋습니다."

"고맙네."

풍사가 놀라 야강도인을 소리쳐 불렀다.

"문주!"

야강도인이 진자강에게서 눈을 떼지 않으며 말했다.

"명분의 싸움은 이미 졌소. 빈도를 너무 나무라지 마시오."

종남파의 문주가 명분의 패배를 인정하고 진자강과 싸우는 이유를 불기의 복수로 내세웠다는 것은 큰 의미가 있었다.

어떤 이유를 대든 야강도인이 죽는 것은 마찬가지다.

그러나 혈유일마가 말한 것처럼, 죽는 자에게도 명분이 필요하다.

야강도인도 허황된 명분에 목숨을 바치기보다는 사제를 위해, 그리고 자신의 명예를 위한 죽음을 선택했다. 진자강도 야강도인의 명분을 받아 주었다.

야강도인이 고마워한 것도 당연하다. 이제 야강도인은
자긍심 있는 무인으로서 여한 없이 죽을 수 있게 된 것이
다.

번쩍.

야강도인의 검에서 검강이 뿜어 나왔다.

"다시 한번 자네의 배려에 깊이 감사하네."

진자강에게 감사의 말을 한 야강도인이 잔잔한 미소를
지으며 풍사에게 말을 남겼다.

"풍사. 먼저 가서 기다리겠소."

第七章

증명

야강도인은 종남 무학의 진수를 보였다.

우보대통섭뢰(禹步大統攝雷) 이십구각(二十九角).

종남파의 고수가 전진파의 도사와 교류하며 창안한 검초다. 종남산의 가장 높은 봉우리에서 밤하늘을 바라보며 도도(滔滔)한 하늘의 기운을 담아내었다.

때문에 일반적인 검식으로는 펼칠 수 없고, 검강으로만 펼칠 수 있는 전용의 무공이다. 오죽하면 종남파에서는 검법이 아닌 뇌법(雷法)이라 부른다. 이 뇌법은 벽력과는 다르다. 삼라만상을 다스리는 힘을 일컫는 뇌(雷)다.

수없는 강기(罡氣)의 별빛, 천체의 별자리가 살아 움직이는 것처럼 무수하게 빛나며 진자강의 사방을 점했다.

수비는 전혀 없다. 우보대통섭뢰로 흐름을 장악한다. 함부로 피하려 하면 사방을 장악한 스물아홉 개의 강기 덩어리에 몸이 걸린다.

야강도인이 이끄는 대로, 도도하게 흐르는 은하의 흐름에 따를 수밖에 없다. 진자강은 야강도인의 주도에 따라 움직였다.

야강도인이 밀면 뒷걸음질로 밀려나고, 당기면 앞으로 걸음을 내디뎠다. 옆으로 이동하면 그대로 좇아 뛰었다. 야강도인의 주도에서 조금이라도 벗어나면 검강에 당한다.

지켜보던 섬서 무인들은 저도 모르게 주먹을 꽉 쥐었다.

옆에서 보면 진자강은 스물아홉 개의 별에 갇힌 듯 보인다. 아무리 절세의 신법을 써도 빠져나갈 수 없을 듯하다. 억지로 빠져나가려 하면 팔다리 하나는 놓고 가야 한다.

걸렸구나!

지켜보던 대부분이 같은 생각을 했다. 왜 진자강이 야강도인이 우보대통섭뢰를 완전히 펼칠 때까지 두고 보기만 했는지 의아할 정도다. 야강도인을 우습게 본 것인가? 자만심 때문에 스스로 덫에 걸린 것처럼도 보인다.

모두가 마른침을 꿀꺽 삼켰다.

진자강을 우보대통섭뢰 안에 가둔 야강도인도 대단하지

만, 마치 야강도인과 한 몸이 된 것처럼 똑같이 움직여 피해를 입지 않고 있는 진자강도 대단했다.

야강도인이 느리게 움직이는 것도 아니다. 쉴 새 없이 보법을 펼쳐 흐릿한 잔상까지 남기며 진자강을 몰고 있는 것이다. 그런데 진자강도 똑같이 움직여 우보대통섭뢰가 만든 이십구 각 안의 공간에서 벗어나질 않는다.

안력이 약한 이들은 둘의 모습도 제대로 보지 못했다. 둘이 움직이며 바닥에서 피어나는 흙먼지가 자욱해지고 있었다.

조금씩, 야강도인이 이끄는 스물아홉 개의 별들이 조여들었다. 진자강이 움직일 수 있는 공간도 그만큼 협소해졌다. 이대로라면 앞으로 일각 안에 진자강의 사지는 절단된다.

칫, 칫.

닿지도 않았는데 진자강의 옷이 그을리고 타기 시작했다.

천하의 누구도 검강을 맨몸으로 버틸 수는 없다. 조금만 더 조여지면 진자강은 죽는다. 다들 주먹을 꽉 쥐었다. 검강 때문에 함부로 끼어들 수는 없으나 진자강이 이대로 죽어 버린다면 더 싸울 필요가 없어지니 얼마나 좋겠는가.

그러나 화산파 풍사의 얼굴은 다른 무인들과 달랐다.

"이런…… 이 지독한……."

"예?"

무인들은 풍사가 갑자기 욕설을 내뱉자 놀랐다.

하지만 설마하니 풍사가 같은 편인 야강도인을 욕할 리는 없을 테고…….

풍사의 표정은 완전히 일그러졌다. 침통하기까지 한 목소리로 풍사가 말을 내뱉었다.

"야강도인의 검강이…… 이렇게 봉쇄되다니!"

무인들은 도대체 풍사가 무엇 때문에 그런 말을 했는지 의아하여 눈을 비비고 상황을 다시 보았다. 그러나 아까 본 것과 별반 다를 바가 없는 듯하다. 야강도인은 진자강과 일정한 거리를 유지하며 진자강을 몰고, 진자강은 검강에 휘말리지 않으려 야강도인이 이끄는 대로 따라 움직이고 있는 것처럼 보인다.

단지 표정에 차이가 있다. 진자강의 표정은 전혀 긴장감이 없다. 시종일관 담담하다. 그러나 야강도인은 쫓기듯 땀을 흘리고 얼굴이 굳어 긴장하고 있음이 역력했다.

공세를 주도하는 건 야강도인인데 어째서 그가 몰리는 듯한 표정을 짓고 있는가?

파파팟!

야강도인과 진자강이 무인들 쪽으로 가까이 다가왔다.

"물러나라!"

화산파의 풍사가 다급하게 소리쳤다.

무인들은 어리둥절해하면서도 휩쓸리지 않으려 뒤로 피했다. 뒤늦게 움직인 몇몇 무인들은 갑자기 얼굴이 꺼멓게 되며 피를 토했다.

"우에엑!"

무인들이 피를 토하며 죽었다.

다시 보니 야강도인의 얼굴빛도 붉으락푸르락했다.

그제야 무인들은 풍사가 한 말의 의미를 깨닫고 경악했다.

야강도인이 중독되었다!

무인들은 야강도인의 검에 주목했다.

검극에 붙은 빛의 덩어리가 순백에 가까울수록 지닌 내공이 순수함을 의미하며, 그만큼 지극한 위력을 갖는다.

진자강과 대면하고 있는 야강도인의 검극 또한 최초에는 순수한 백색의 강기였다. 그것은 종남파라는 대문파의 문주로서 야강도인이 얼마나 수행이 깊은 무인인지 알 수 있는 부분이었다.

그러나 진자강을 마주한 지금은 강기의 덩어리에 미세하

게 색색의 불꽃이 섞여 있었다. 태우는 대기(大氣)에 파란 불꽃, 녹색 불꽃, 적색 불꽃이 보였다. 매캐한 연기가 피어 올랐다. 타다 만 까만 잡티가 연기에 섞여 풀풀 휘날리기도 했다.

지직, 지직.

귀에 거슬리는 잡음까지.

주변에는 어슴푸레 흙먼지에 섞여 휘날리는 연기가 보인 다.

검강에 섞인 저 불꽃과 연기는 다름 아닌 진자강이 뿜어 내고 있는 독기가 타고 있는 현상이었던 것이다. 야강도인 의 검강이 독기를 태우면서 독연(毒煙)이 퍼지고 있었다.

섬서 무인들은 소름이 끼쳤다.

야강도인이 진자강을 가둔 게 아니라, 진자강이 놓아 주 고 있지 않은 것이다. 진자강이 놓아 주지 않음으로써, 거 리를 유지하고 붙어 있음으로써 야강도인이 우보대통섭뢰 를 멈추지 못하는 것이다.

멈추는 순간 진자강의 공세가 시작될 건 자명하다. 그렇 다고 멈추지 않자니 자신이 계속해서 독연을 발생시키며 스스로를 독기에 가두어 두는 것과 다름이 없는 모양새다.

야강도인은 점점 더 사면초가에 몰리고 있었다. 자꾸만 사방으로 뛰어다니는 건 진자강을 검강에 가두어 몰아붙이는 게 아니라 떨쳐 내기 위함이었다. 시간조차 진자강의 무기였다. 이대로 검강이 소진되거나 중독이 심해지면 야강도인은 죽는다.

무인들은 자신의 눈을 의심했다. 눈을 비비고 다시 보는 이들도 있었다.

방금까지 분명히 공격하는 것은 야강도인이고 검강을 이끄는 것도 야강도인이었는데, 생각을 달리하자마자 야강도인이 몰리는 것이 뚜렷하게 보인다.

같은 광경, 다른 의미.

겉으로 보이는 것과 이면의 사정이 전혀 다르다.

표리부동(表裏不同).

드러난 일부분의 사실이 결코 전체의 사실이 아닌 것처럼.

금강천검 백리중은 마도를 추종한다고 자신의 처가를 고발하고 멸문에 앞장섬으로써 백도의 대협객이란 명호를 얻게 되었다. 그러나 겉으로 보이는 모습이 실제와 달랐던 것처럼.

검강을 휘두르고 있는 야강도인이 오히려 수세에 몰린 쪽인 것이다.

섬서 무인들도 마찬가지였다. 겉으로는 진자강을 포위한 듯 보이나, 실상은 검강과 독연 때문에 섣불리 다가서지도 못하고 죽음을 기다리는 신세가 아닌가.

야강도인의 검강에서 연기가 아닌 아지랑이가 피어오르는 모습이 보였다. 노화순청. 독기를 막느라 내공을 제대로 운용하지 못한 야강도인의 내공 소모가 급격해진 것이다.

야강도인의 목덜미에 꽃잎이 피어나기 시작했다.

적멸화다! 무인들은 야강도인의 생이 얼마 남지 않았음을 알 수 있었다.

야강도인이 내공을 더욱 끌어 올리는지 검강의 별빛이 줄어들기는커녕 훨씬 더 밝아졌다.

풍사가 어금니를 꽉 물곤, 실력이 뛰어난 고수들을 향해 몰래 전음을 보냈다.

『준비하시오!』

풍사의 전음을 받은 고수들이 흠칫했다.

『야광도인이 한 수를 노리고 있소. 우리에게 단 한 순간 기회가 올 것이오.』

고수들이 내공을 끌어 올리고 때를 기다렸다. 독연이 사방에 퍼져 있다. 공격하는 순간 중독되고 살아남을 수 없을지도 모른다. 하지만 어차피 진자강을 상대로 그 정도는 각오하여야만 하는 일이다. 그러니 유일하게 찾아올 한 번의 기회를 놓쳐서는 안 된다!

야강도인은 우보대통섭뢰를 완전히 멈추는 대신 호흡을 고르며 최대한 속도를 늦추었다.

번개처럼 정신없이 움직이다가 갑작스레 흐름이 느릿해졌다. 이십구 각의 별들이 하나둘 사라지며 한곳으로 모였다. 그만큼 야강도인의 공세에 빈틈이 생긴 것이다. 진자강의 눈이 번뜩였다.

야강도인은 내상을 감수하고 억지로 우보대통섭뢰의 뇌법을 변화시켰다. 야강도인의 코에서 코피가 터져 나왔다.

야강도인은 검을 손안에서 고속으로 회전시키며 더욱더 힘을 응집시켰다. 진자강이 뿜어낸 독기와 검강에 탄 독연들이 야강도인의 회전하는 검으로 빨려 들었다. 공기마저도 순식간에 타 버렸다. 진자강도 숨쉬기가 곤란한 지경에 이르렀다. 몸 전체가 야강도인을 향해 끌려갔다.

회전이 더 빨라지면서 야강도인의 손아귀가 찢어져 피가 튀었다. 핏방울마저도 검으로 빨려 들며 재가 되었다.

순간 야강도인은 검의 회전을 멈추었다.

훅.

빨려 들던 모든 것이 한순간에 멈추면서 공간이 정지했다.

야강도인의 손아귀에서 흘러나온 핏방울이 빨려 들다 말고 허공에 둥둥 떠다녔다. 독기와 독연도 그 자리에 멈춰서 고정된 듯 움직이지 않았다.

혼원응견뢰(混元鷹犬雷).

강력한 뇌법으로 존재하는 모든 것을 억누른다. 그 공간에서 존재할 수 있는 건 오직 뇌를 다스리는 야강도인뿐이며 다른 존재를 인정하지 않는다.

남궁락의 절대만검처럼 깊은 깨달음에서 공간을 지배하는 뇌법을 익힌 야강도인의 검공이다.

진자강도 압력에 의해 몸이 굳었다. 그 상태에서 움직일 수 있는 건 야강도인뿐이었다. 야강도인이 빠르지 않은 속도로 길게 검을 찔러 왔다.

치익, 치이익.

검강이 허공에 떠 있는 핏방울을 태우고 독기를 태우면서 진자강의 가슴을 향해 쭉 밀고 들어왔다.

"지금이다!"

풍사가 소리쳤다. 풍사가 가장 먼저 달리고 전음을 받았던 고수들도 진자강을 향해 뛰었다.

꿈틀.

진자강의 손가락이 움직였다.

진자강의 손가락이 작은 원을 그렸다. 그리고 또 하나의 원을 더 그렸다. 원을 그릴 때마다 손가락의 움직임이 좀 더 원활해지고 원이 커졌다.

다섯 개의 원을 그렸을 때 진자강은 어깨까지 움직일 수 있게 되었다. 한 번의 원을 더 그리자, 진자강의 전신이 혼원응견뢰의 속박에서 벗어났다.

딸깍.

진자강의 손목에서 수라진경이 풀려나왔다. 수라진경이 하나로 합쳐져 진자강의 전면에 커다란 원을 그렸다.

야강도인의 검이 수라진경이 생성한 원을 통과했다. 원을 통과한 순간 검강이 사라졌다. 검에 이어진 야강도인의 내공과 감각이 사라졌다.

원 안의 모든 것이 텅 비었다.

인우구망(人牛俱忘).

팔우도에 남은 마지막 그림, 단 하나의 원.

검강도 뇌법도 없다. 원 안에서는 모든 것이 일체(一體)를 이루어 아무것도 남지 않았다. 수라진경을 통과한 그의 검과 어깨가 통째로 소멸되었다.

야강도인의 입술이 절로 벌어졌다.

"허어……."

감탄했다.

도가의 수련법 중 최종 심득을 이곳에서, 그것도 살인귀라 불리던 수라의 손에서 보게 될 줄은 몰랐다.

아무것도 존재하지 않으며 동시에 모든 것이 일체로 존재하는 환허(還虛)의 경지를.

"인우구망……."

비틀.

야강도인은 뒷걸음질을 쳤다. 그의 어깨는 완전히 소멸되어 그가 물러난 순간 대량의 피를 뿜었다.

야강도인이 절레절레 고개를 흔들면서 웃었다.

그의 얼굴을 순식간에 적멸화가 뒤덮었다. 더 버티지 못하고 무릎을 꿇곤 피를 토하며 죽었다.

달려들던 풍사와 무인들은 소름이 끼쳤다. 머리털이 끝까지 삐죽 솟으며 전율이 일었다.

야강도인이 필생의 내공을 담아 일으킨 검강이 소멸되다니!

최소한 진자강을 조금이라도 피해 입히고 자세를 흔들어서 빈틈이나마 생길 줄 알았으나, 아무런 동요도 일으키지 못했다.

게다가 진자강의 눈길이 이미 자신들을 향해 있었다.

풍사가 다시 한번 목이 찢어져라 소리를 질렀다.

"지금 물러서면 모두 죽는 것이오!"

고수들뿐 아니라 모든 무인들이 고함을 지르며 달려들었다.

"으아아아!"

"죽어, 이 괴물—!"

그들이 뿜어낸 검기와 검강들로 눈이 부셨다. 어지러이 빛이 산란했다.

진자강이 모든 수라진경을 풀어 허공에 띄웠다.

수라진경, 사십가수 절명사!

촤아아아악!

수라진경의 휘몰이에 검기는 스러지고 검강은 튕겨 나갔다.

노도처럼 몰아치는 수라진경에 걸리는 족족 무인들의 몸이 병기와 함께 갈려 나갔다.

검강을 쓰면 독기가 타서 독연이 되어 퍼지니 더 위험하다는 걸 알지만, 쓰지 않을 수가 없었다. 그나마 검강만이 수라진경을 막을 수 있었다.

진자강의 전면 바닥 거죽이 헤집은 것처럼 파헤쳐지고 그 위로 한때 산 사람의 것이었던 피고름과 육편이 쏟아졌다. 무인들이 좌우로 갈라져서 진자강을 노렸다. 진자강은 양팔을 가슴 앞에서 교차시켰다가 양옆으로 힘껏 펼쳤다. 앞에서 채찍처럼 마구 휘날리던 수라진경의 실들이 크게 회전하며 파도에 밀려나듯 좌우로 갈라졌다. 그러곤 사선으로 뚝뚝 떨어지며 좌우에서 협공해 오던 무인들의 몸을 꿰뚫었다.

"어억!"

수라진경이 무인들의 몸을 줄줄이 꿰뚫고 바닥에 박혔다. 무인들은 달려오던 그대로 꿰어 움직이지 못하고 굳었다.

"끅……."

독이 체내로 침투되면서 수라진경에 꿰인 무인들의 살갗에 적멸화의 꽃이 피어나기 시작했다.

부글부글, 피가 끓어 넘치고 몸이 녹아내렸다.

이 끔찍하고 압도적인 무력에 그나마 살아남은 무인들마저 전의를 잃고 얼어붙었다.

수천 명도 죽였는데 겨우 오백 명이다.

보통 때라면 자신만만해야 하는 숫자인데, 한 번 수라진경이 펼쳐졌다가 거두어지고 나면 수십 명씩이 사라지니 빈자리가 금세 티가 난다.

직접적으로 공격당하지 않아도 무공이 낮은 무인들은 퍼져 있는 독기를 흡입하고 간접적으로 중독되어 피를 토하기도 했다. 진자강에게 접근 자체가 안되는 수준의 무인들은 있으나 마나였다.

"독장······."

풍사가 신음 소리를 냈다.

죽은 자들의 몸이 녹으면서 독수가 되고 독수가 다시 독기를 뿜어내어, 주변이 독기에 잠식되고 있다. 진자강이 살육하고 지나간 곳에 남는 독장들이 어떻게 만들어지는지 똑똑히 보인다.

독기가 진해지고 독장의 범위가 넓어질수록 무인들이 운신할 여지가 줄어들고 있었다. 가까이 다가가는 것조차 쉽지 않다. 무인들이 주춤거리며 뒤로 물러났다.

그것도 검강까지 뽑아낸 고수들마저 그러했다.

검강을 일단 쓰기 시작한 이상 최대한 신속하게 승부를 봐야 하는 입장임에도 물러설 수밖에 없는 것이다.

진자강을 중심으로 서 있는 반경 오장 여가 독기로 가득 찼다. 그 안에 산 사람은 한 명도 없었다.

진자강이 보란 듯 양팔을 들고 한껏 내공을 터뜨렸다.

콰아아아!

대기가 울렁이더니 폭발의 여파로 독기가 파도처럼 사방으로 밀려 나갔다.

무인들이 놀라서 장력을 마구 날려 대었다.

펑 퍼펑! 여기저기서 공기 터지는 소리가 났다. 밀려오던 독기가 주춤해졌다. 그러나 장력으로 밀어낸다고 사라지는 게 아니다. 금세 다시 몰려든다.

"큭."

풍사는 황급히 입과 코를 막았다. 아릿하게 코를 찌르는 지독한 냄새가 났다.

풍사가 소리쳤다.

"물러서지 마시오!"

무인들이 주춤했다. 어차피 검강까지 뽑아내었으니 더 물러설 곳도 시간도 없다. 조금이라도 기운이 남아 있을 때 싸우는 것이 나을 수도 있다.

무인들은 이를 악물고 다시금 전열을 재정비해 진자강에 게 달려들었다.

그러나 풍사는 함께 달려나가는 척하다가 멈추었다. 저들은 독장에 스스로 몸을 던지는 부나방이다. 독룡을 상대하는 데에는 한 명의 뛰어난 고수가 필요하지 그 이하의 숫자는 의미가 없다.

풍사는 이미 그것을 알고 있었다. 무인들이 초개(草芥)처럼 몸을 던져 진자강의 시야를 막는 동안…… 풍사는 검강을 끌어 올리지 않은 화산파의 무인들과 함께 뒷걸음질을 쳤다.

그런데.

따끔!

갑자기 발바닥이 따끔하더니 발등으로 가느다란 실이 바늘처럼 삐죽 튀어나왔다. 풍사가 놀라 앞을 쳐다보았다.

자욱한 독연과 매캐한 독기. 그리고 진자강에게 달려드는 수많은 무인들. 그들의 어지러운 발과 발 사이로 진자강이 무릎을 꿇고 바닥에 손을 대고 있는 모습이 흐릿하게 보였다. 다소 먼 거리였고 수많은 이들이 가로막고 있는데도 불구하고, 그 짧은 틈 사이로 진자강과 풍사의 시선이 서로 마주쳤다.

진자강의 눈빛이 지극히 싸늘했다.

풍사는 등줄기가 오싹해졌다. 더 깊이 생각할 것도 없이 자신의 발 앞꿈치를 잘라 버렸다. 앞꿈치가 땅바닥에서 튀어나온 수라진경에 꿰뚫린 그대로 남아 있다가 단면에서 피거품이 흘러내리며 녹기 시작했다.

풍사는 소름이 끼쳐서 더 참지 못하고 그대로 달아났다. 화산파 무인들이 엉거주춤하다가 풍사의 뒤를 따라 뛰었다.

*   *   *

"크윽, 큭."

풍사는 지혈을 하고 절뚝거리면서 수풀을 헤쳤다.

화산파에서 함께 온 무인들도 수시로 뒤를 돌아보며 불안한 표정을 지었다. 산양은 이미 벗어나 보이지도 않지만 언제 진자강이 나타날지 몰라 마음이 조마조마했다.

풍사가 그들을 독려했다.

"아무리 독룡이라도 남은 이들을 모두 죽이고 따라오기에는 시간이 부족할 걸세."

무인들의 표정이 어두웠다. 화산파가 주도해서 사람들을 불러모았는데 그들을 내버리고 달아나는 셈이 되고 말았다.

풍사가 무인들을 독려했다.

"무슨 생각하는지 아네. 하나 우리는 할 일이 있어. 우리가 없으면 누가 화산을 지키겠는가."

화산파 무인들이 침중한 안색으로 말했다.

"하지만 독룡이 화산으로 찾아온다고 하지 않았습니까."

그것이 걱정이었다.

소림사도 단신으로 찾아간 진자강이다.

오늘의 기세를 보니 화산파라고 해서 진자강의 손에서 살아날 수 있을 것 같지 않았다.

종남파의 문주인 야강도인이 별 힘도 쓰지 못하고 한 팔이 통째로 날아가 버린 걸 보았을 때의 충격이 아직도 생생했다.

검강이…… 무적이라 믿었던 검강이 한순간에 소멸되는 걸 목도하고 나니 자신감마저 사라졌다.

풍사가 다그쳤다.

"왜들 그리 약한 소리들을 하시는가! 놈이 제아무리 날뛰어 봐야 결국은 혼자일세. 놈 혼자서 모든 것을 해낼 수는 없는 법이야."

"그 말씀은…… 독룡을 막을 방법이 있다는 뜻입니까?"

"무림총연맹의 설립 기일이 머잖았네. 놈이 화산까지 들를 시간은 없어. 우리가 그 전에 먼저 다른 문파를 규합해 사천으로 향한다면?"

"당가대원을 치자는 뜻입니까? 하나 아직 청성파도 있고……."

"아니, 당가대원을 칠 필요도 없네. 칠 것처럼 앞에 주둔하고만 있어도 충분히 압박이 되지. 놈에게는 처자식이 있네. 당가를 잃으면 놈은 강호에서 천애 고아가 되어 완전히 고립되는 걸세. 섣불리 행동할 수 없게 되지."

풍사가 생각할수록 화가 난다는 듯 이를 갈았다.

"그래서 굳이 청해에서부터 적대적인 문파들을 섬멸시키고 다닌 걸세. 자리를 비웠을 때 뒤를 얻어맞을까 봐."

진자강을 고립시킨다!

"뿌리가 없으면 놈도 오래 버티지 못하네. 부평초처럼 떠돌며 학살극을 벌이다가 결국은 스러지겠지."

"미리 금강천검에게 이 사실을 알려야 하겠군요."

"당연하지. 금강천검이 우리를 돕기 위해 남창에서 나오지 못한 것도 그 틈에 독룡에게 공격받을까 봐서였을 걸세. 만일 우리가 이 계획을 성공시키기만 한다면 무림총연맹도 방해받지 않고 무사히 설립식을 치르게 될 걸세. 그리고 우리 화산의 입지도 그만큼 올라가겠지."

화산파 무인들이 서로를 보며 고개를 끄덕였다.

일리가 있다. 사천을 압박하는 것이 진자강을 제압하는 결정적인 한 수가 될 수 있었다.

화산파 무인이 물었다.

"하면 우리는 지금 어디로 가야 합니까?"

"화산으로 돌아가도 놈을 막을 수는 없네. 자네들은 은밀하게 사천으로 향하게. 그리고 내가 연락을 줄 때까지 기다리게. 나는 남창으로 가 금강천검에게 협력을 구하겠네."

"그럼……."

그때.

핑…….

작고 날카로운 파공음이 울렸다. 무인들이 깜짝 놀라 고개를 숙였다.

한참이나 머리 위쪽에 선 하나가 그어져 있었다. 너무 가늘어서 희미했다. 화산파 무인들은 안력을 돋우고 자세히 선을 보았다.

핑!

한 줄기의 선이 비스듬하게 더 그어졌다. 그어진 선이 높게 자란 떡갈나무를 감고 방향을 바꾸어 다시 허공을 가로질렀다.

핑핑핑!

마치 현악기의 현처럼 수십 가닥의 선이 팽팽한 거미줄처럼 무인들의 머리 위를 가로지르는 중이었다.

"어어?"

그리고 그 위에 한 명이 올라서서 화산파 무인들을 내려다보았다.

두말할 필요 없이 진자강이다.

화산파 무인들이 놀라 외쳤다.

"버, 벌써!"

그사이에 전부 죽이고 자신들까지 따라왔단 말인가!

진자강이 차갑게 물었다.

"사람들을 방패로 삼고 당신들은 어디로 가십니까?"

여기까지 따라왔으니 더는 도망도 무의미하다. 화산파 무인들이 검을 뽑아 들고 검진을 펼치려 했으나 진자강이 머리 위에 있어 제대로 검진을 구성하기 어려웠다.

진자강이 팔짱을 끼고 허공에 쳐진 수라진경의 위에 선 채 입을 열었다.

"정말로 궁금하여 묻겠습니다."

화산파 무인들이 소리를 질렀다.

"닥쳐라, 이 악적!"

진자강은 아랑곳하지 않고 물었다.

"화산파의 북리검선은 검왕과의 대결을 위해 나섰다가 의문 속에서 실종되었습니다. 거기에 정의회가 관련되어 있고, 금강천검이 의심을 사고 있는 것도 아실 겁니다. 그런데…… 왜 아직까지도 금강천검을 지지하고 있습니까?"

화산파 무인들이 위를 쳐다보며 소리쳤다.

"우리더러 네 말을 곧이곧대로 믿으라는 것이냐!"

"누굴 속이려 들어! 네놈의 말은 모두 거짓이다!"

진자강이 말했다.

"알겠습니다. 그럼 이후에 벌어진 백리장의 사건은 어떻습니까? 화산파의 고수도 거기에서 죽음을 당하였습니다. 알려진 대로 나는 그 자리에 있지 아니하였습니다."

화산파 무인들은 진자강의 말을 귓등으로도 듣지 않았다.

"네가 그곳에 있었는지 아닌지 어찌 아느냐!"

"사람을 써서 거짓 행적을 만들고 가짜로 증언하도록 시켰을 테지! 네놈이라면 그러고도 남는다."

"아귀왕이니 뭐니 다른 사람들은 속일 수 있을지 몰라도 우리를 속일 순 없다!"

"살인마! 죽어야 할 게 있다면 바로 네놈이다!"

"출신도 하찮은 주제에 감히 우리에게 설교를 하려 들어?"

"죽일 테면 어서 죽여라!"

진자강은 더 말을 않고 화산파 무인들을 내려다보았다. 화산파 무인들도 어차피 죽는다는 걸 알고 악에 받쳐 있었다.

한 명이 진자강에게 빈정댔다.

"화산을 찾아간다 어쩐다 해 놓고 아득바득 우릴 쫓아온 걸 보면 화산을 찾아간다는 것도 결국 거짓말이었구나! 어차피 모두 죽일 셈이라면 우리가 화산파로 돌아간 뒤에 쳐도 되었겠지!"

그가 진자강을 향해 손가락질을 했다.

"당장에도 앞뒤가 맞지 않는 소리를 해 놓고 자기 얘기를 믿어 달라고 하면…… 으아아악!"

진자강에게 손가락질을 하던 이의 손가락이 공중을 날았다.

피잉! 피잉 핑!

수라진경이 살아 있는 것처럼 움직이기 시작했다. 손가락뿐 아니라 그 무인의 손목 아래가 수십 조각으로 잘려 나갔다.

"으아아아악!"

손가락질을 했던 무인이 처절하게 비명을 지르며 잘린 손목을 붙들었다.

진자강이 차가운 목소리로 말했다.

"지나가던 중에 굳이 당신들 얘기를 들어서 말입니다. 당신들, 화산이 아니라 사천으로 간다고 하지 않았습니까?"

진자강의 눈빛에서 살기가 뿜어졌다.

"그런데 나를 신뢰가 없는 자로 만들기 위해서 자신들이 화산으로 갈 거였다고 거짓말을 합니까?"

*　　　*　　　*

"괴물……."

한쪽 얼굴이 녹아내리고 있는 채로…… 화산파의 고수 설공이 진자강을 보며 말했다.

설공이 외눈으로 주변을 보았다. 독장 안에서 서 있는 건 그뿐이었다. 그의 동료와 사제들은 차디찬 바닥에서 죽어 있었다.

설공의 눈이 다시 제자리로 돌아와 진자강을 주시했다.

진자강은 멀쩡했다. 어디 한 군데 긁힌 상처조차 없었다. 검강이나 검기가 튀어 옷이 그을리고 구멍이 난 게 전부였다.

달리 말해서, 검강까지 쓰는 고수들마저 진자강을 건드리지 못했다는 뜻이다. 동귀어진은 물론이고 온갖 수단을 다 써 보았으나 전혀 통하지 않았다.

설공의 얼굴에 분노와 공포가 동시에 감돌았다.

"천하의 누구도…… 이럴 순 없다……. 이럴 수는!"

검기와 검강이 난무하였는데, 그 와중에 어떻게 상처 하나 없을 수가 있는가! 화산파의 무인들이 이다지도 일방적으로 당하기만 할 수 있단 말인가!

"이건…… 학살이다. 이런 건 사람이 할 수 있는 일이 아니야!"

마지막 외침과 동시에 입에서 핏물이 뿜어져 나왔다. 설공은 몸을 떨며 튕기듯 뒤로 나자빠졌다.

사실은 설공도 알고 있었다.

독 때문이다. 제아무리 무공이 뛰어난 고수라 하더라도 진자강이 그가 감당할 수 없는 독을 가지고 있으면, 그 고

수도 저잣거리의 삼류 무인이나 다를 바가 없는 것이다. 그저 머릿수 하나가 늘어났을 뿐이었다.

"이것이…… 독을 쓰는 자의 특권……."

그런데 진자강은 거기에 무공까지 겸비했다.

설공의 얼굴에 진자강의 그림자가 드리웠다. 설공은 이제 전신에 적멸화가 피어 있어 살아날 길이 없었다.

마지막 순간임을 깨달은 설공이 눈을 감았다.

"화산을……."

감은 눈에서 피눈물이 흘렀다.

"우리 화산을…… 용서해 주오……."

설공은 곧바로 손을 들었다. 손끝은 녹아서 뭉툭하고 적멸화가 잔뜩 핀 손등은 핏줄에 고름이 차며 울퉁불퉁해져 징그럽기 짝이 없었다.

"제발…… 독룡, 그대는 강해. 강자에게는 강자의 책임이 있으니, 강자로서…… 너그러운 마음으로…… 자비를……."

설공이 자신의 부탁을 진자강이 거절하지 못하도록 만들기 위해 할 수 있는 건 단 하나밖에 없었다. 손가락을 모아 손날을 만들고 그대로 자신의 정수리 뒤쪽 옆통수를 쳐서 천령개를 박살 내었다.

퍽!

두개골 뼈가 터져 나갔다. 설공은 진자강의 대답을 듣지
않고 죽었다.

진자강이 최소한의 부담을 갖길 바랐다. 그것이 불씨가
되어 화산파를 구하는 데에 아주 조금이라도 일조하였으
면, 하는 바람이 있었다.

하나 진자강은 중얼거리듯 말했다.

"나는 무림총연맹을 멸화(滅火)시켜 잿더미로 만들 겁니
다. 그러나 그 전에 화산파 역시 대가를 치러야 합니다."

진자강은 잠시간 설공의 시신을 내려다보다가 몸을 돌렸
다.

절룩절룩.

화산으로 가는 방향이었다.

진자강이 떠나고 난 뒤에도 독장은 가라앉은 안개처럼
오랫동안 머물러 있었다.

그리고 일다경이 지난 후, 덩어리 하나가 시체들을 밀치
며 땅속에서 튀어나왔다. 장포로 몸을 완전히 두르고 있던
풍사가 기다시피 하여 독장의 범위를 빠져나왔다. 숨을 참
고 있느라 얼굴은 벌게질 대로 벌게진 상태였다. 풍사는 냇
가로 가 장포를 내던진 뒤 계속해서 토악질을 했다. 투명한
위액에 피가 섞여 나올 때까지 토했다.

그러곤 입을 헹구고 단약을 꺼내어 섭취했다.

시체의 밑에서 바닥을 한참이나 파고 들어가 피독포로 감싸고 있었음에도 풍사의 얼굴과 손발은 군데군데 녹고 고름이 줄줄 흘렀다.

풍사는 온몸을 살폈다. 적멸화의 꽃잎은 보이지 않았다. 그러나 스스로 잘랐던 발 앞꿈치 쪽이 벌써 썩어 가고 있었다. 풍사는 나뭇가지를 주워 입에 물고 칼로 무릎까지 잘라 냈다.

흐르는 냇물에 핏물이 섞였다.

"끄윽, 끅. 끅!"

고통으로 핏발이 선 눈에 진자강에 대한 복수심이 타올랐다. 풍사는 이를 악물었다.

와작!

나뭇가지가 이에 씹혀 박살이 났다.

진자강이 화산으로 간 걸 알지만 이 몸으로는 어찌할 수가 없었다. 고작 전서구로 화산파에 이 사실을 알리는 것이 고작이었다.

풍사는 피눈물을 흘렸다. 진자강은 정말로 지독한 놈이다. 설립식에 맞춰 남창까지 내려가는 시간이 빠듯할 텐데도 굳이 화산을 들러 화산파를 없애려는 것이다.

"독룡…… 절대로…… 가만두지 않겠다……! 우리 화산을…… 우리 화산!"

풍사는 몸을 수습하자마자 지팡이를 구해 바로 움직였다. 강서성 남창 무림총연맹의 본단을 향해.

진자강이 화산파를 들러 시간을 낭비한 것이 얼마나 멍청한 짓이었는지, 무림총연맹 본단을 찾아왔을 때 똑똑히 알게 되리라.

진자강은 독초 한 줄기를 입에 물고 높은 나무 위에서 풍사를 지켜보고 있었다.

"만일 이 자리에서 모두가 죽었다면, 나도 화산파에 대한 최소한의 배려는 생각해 보았을 겁니다. 하지만…… 타인의 자비를 악용하면서, 어찌 그 자신들은 용서를 구하려든단 말입니까."

풍사가 달아난 방향으로 점점이 희미한 핏자국이 떨어져 있었다.

진자강은 이미 한참 전부터 풍사가 죽은 척 숨어든 걸 알고 있었다. 진자강이 허락하지 않으면 누구도 이 자리에서 벗어날 수 없었다.

그가 살아 나간 것은 오직 진자강의 의지다.

그리고 그가 살아 나감으로써 무림총연맹은 이제 멸망의 수순을 밟게 될 것이었다.

　　　　　　＊　　　　＊　　　　＊

　화산파는 진자강을 상대로 생각보다 오래 버텼다.

　진자강은 사흘 만에 화산파에 항복을 받아 냈다. 화산파
는 대다수의 고수를 잃었다. 봉우리 곳곳에 생겨난 독장 때
문에 일반 향객은 물론이고 외부와의 왕래도 불가능해졌
다.

　화산은 반강제적인 봉문 절차에 들어가 강호에서의 활동
을 접게 되었다.

　화산파의 희생으로 무림총연맹은 조금이나마 시간을 벌
수 있게 되었다. 그러나 그것이 꼭 좋은 방향으로 이어진
건 아니었다.

第八章

절름발이

　진자강이 화산파를 침으로써 섬서 무림을 완전히 굴복시
키자 강호에 경종이 울렸다.

　비록 진자강에게 대항한 자들만 죽었다고 하나, 그렇대
도 구대문파 중 둘이 버티고 있던 종남파와 화산파가 꺾였
다는 것만으로도 매우 큰 의미가 있었다. 특히나 화산파는
큰 피해를 입고 독장 때문에 기약 없는 봉문에 들어가 가까
운 장래에의 복귀는 불가능해졌다.

　심지어 인근 객잔과 일반인들의 증언을 들으면 진자강은
단신으로 화산에 들어갔다가 상처 하나 없이 되돌아 나왔
다는 것이다.

무신(武神) 수라.

당대에서 최고로 이름을 날리고 있는 무신 수라가 바로 독룡 진자강이었다.

강호는 진자강의 다음 행보에 주목했다. 이미 무림총연맹의 설립식이 가까워지고 있어 굳이 동쪽의 산동까지 진격할 이유는 없어 보였다.

아마도 호광을 통해 바로 남하할 가능성이 높았다.

더욱이 호광의 대표 문파는 무당파와 제갈가였다. 무당파는 백리장의 모임에 참가하기는 했으되 백리중과는 대척점에 서 있는 문파이고, 제갈가는 진자강에게 숱한 고수들을 잃고 연이어 소림사의 공격까지 받으며 초토화되었다. 무림세가로서의 기능을 완전히 상실했다.

그러니 호광은 진자강에게 있어 사실상의 무주공산. 대적할 문파가 없었다. 진자강은 아무런 문제도 일으킬 필요 없이 무혈로 지나칠 수 있었다.

그러고 나면 바로 강서의 남창.

무림총연맹의 본단이었다.

때맞추어 풍사가 온몸이 누더기가 된 끔찍한 모습으로 무림총연맹에 도착했다. 풍사의 증언으로 진자강이 무림총연맹을 향해 오고 있음이 확인되었다.

진자강의 존재는 극도의 공포였다. 몇 개 성의 무림을 혼자 힘으로 쑥밭을 만들었다. 마주치는 것만으로도, 마주치는 걸 상상하는 것만으로도 끔찍하기 이를 데 없었다.

예전 백리가의 무림대회에 진자강이 찾아온다는 소문이 났던 때와는 질적으로 달랐다. 당시에는 그나마 참가가 목적이었다고 애써 좋게 보아 줄 수 있었어도, 지금은 목적 자체가 무림총연맹의 멸살(滅殺)이었다.

공포가 전염되었다.

무림총연맹을 찾아오려다가 중도에 포기하는 이들이 속출했다.

백리중이 화산파가 보낸 구조 요청을 무시한 것이 큰 화로 작용했다. 다른 이도 아니고 무림총연맹 초창기부터 계속 백리중을 지지한 화산파가 아닌가. 별다른 명분도 없이 화산파까지 내버리는데 그보다 못한 자신들이 찾아가 봐야 그보다 나은 취급을 받을 수 있겠는가 하는 의구심이 든 것이다.

독룡이라는 전대미문의 살인마를 맞이하여 아무런 보호도 받지 못하고 내버려질 수 있다는 두려움이 포기의 한 이유였다.

더욱이 이제껏 백리중에게 그렇게 버려진 이들이 한두 명이 아니었다는 것도 세상에 알려지고 있었다.

백리중을 지지하던 아비앵화단은 소림사에 대거 잡혀가 생사조차 불투명하다. 백리중은 소림사와 손을 잡으면서도 그들에 대한 구제를 조금도 생각하지 않았다.

정의회도 마찬가지. 악록산에서 무참하게 쓰이고 버려졌다. 도리어 진자강의 손에 의해 살아난 이들이 많았다. 심지어 개중에는 보지 말아야 할 것을 본 탓에 백리가에서 수백 명을 넘게 죽여 입막음을 했다는 낭설 아닌 낭설도 도는 차였다.

특히나 최근 백리장에서 벌어진 고수들의 전멸…….

어째서 그때에 백리중 혼자만이 살아남았는가!

그것 또한 백리중에 대한 신뢰를 잃게 만드는 치명적인 사건이었다.

특히나, 진자강의 말에 의하면 독문은 한때 백리중을 지지한 적이 있었다. 그러나 그 독문 또한 지금 진자강의 손에 넘어가 있질 않은가…….

그리고 마침내 화산파의 구조 요청을 무시한 사건까지.

도무지 손에 든 것을 귀하게 여길 줄 모른다고밖에 여겨지지 않았다.

백리중은 이해할 수 없을 만큼 원인 모를 이유로 자신의 편조차 아무렇지 않게 내버리고 있었다. 이유가 있어서 희생시킨 것도 아니고 그냥 말 그대로 내버려지는 것이었다.

그것이 더욱 사람들을 자극했다.

우리는 함부로 쓰이고 버려져도 좋을 소모품이 아니다!

그러려고 당신을 따르는 것이 아니다!

백리중의 밑에서는 소모되기만 하지 보호는 받을 수 없었다. 아무리 이익이 좋아도 힘들게 얻은 이익을 지키지 못하고 버려지면 아무것도 얻지 못한 것과 마찬가지다.

눈에 보이는 이익보다 더 중요한 게 있었다.

사람 간에 지켜야 할 기본, 사람 사이의 신뢰.

그래야 이후에 얻는 이익도 의미가 있는 것이었다.

이제 강호가 자각하기 시작했다.

백리중은 신뢰를 잃고 그가 내세운 명분의 신빙성 또한 크게 약화되었다.

명분은 곧 사람들이 움직이고 한데 힘을 합치는 동력이다. 무림 문파들이 명분이 부족한 무림총연맹에의 합류를 포기하면서 무림총연맹이 강호에서 차지하는 영향력마저 현저히 떨어지고 있었다.

곧 설립식을 앞둔 무림총연맹에 비상이 걸렸다.

　　　　　*　　　　*　　　　*

　무림총연맹의 본단은 크고 웅장했다.

　외부에 보이는 모든 것이 전대의 무림총연맹보다 훨씬
큰 규모로 만들어졌다.

　아직 완공이 되지 않은 탓에 곳곳에서는 막바지 공사가
한창이었고, 수만 명에 이를 손님을 맞이하기 위한 준비도
정신없이 이어지고 있었다. 매일 수백 대의 수레에 먹을 것
과 각종 부자재들이 들어오고 수천 명의 인부가 출입했다.

　그 와중에 진자강에 대한 두려움 때문에 설립식에 앞서
찾아온 무인들까지 합쳐져 본단은 인파로 문전성시를 이루
고 있었다.

　그럼에도 무언가 아직은 불충분했다. 여전히 사람들은
몰리지만 피부로 느끼기에 예전만큼은 아니라는 생각이 들
정도로 사람이 부족했다.

　백리중의 주재하에 백리가의 모든 문사들이 모여 당금의
상황에 대한 타개책을 의논했다.

　"많은 문파들이 참가를 꺼리고 있습니다. 도중에 돌아가
는 이들도 부지기수라고 합니다. 이대로라면 목표하던 숫
자를 채우지 못할 수도 있습니다."

"섬서에서도 모인 숫자가 당초의 십분지 일이 채 되지 않았을 정도라고 합니다."

백리중은 문사의 말을 들으며 생오리의 다리를 씹었다.

와작! 뼈가 씹히는 소리가 회의장을 울렸다. 문사들이 마른침을 삼키며 백리중의 눈치를 보았다.

백리중의 표정이 매우 불편해 보였다.

백리중은 쓸모없는 쭉정이 몇이 더 오고, 오지 않는다고 해서 달라질 게 없다고 생각했다. 싸움에서는 불필요한 머릿수가 백리중에겐 괜히 방해만 될 뿐이었다. 자신의 치부가 드러날 경우 달아나는 것들을 모두 잡아 죽여야 하니 뒤처리가 귀찮기만 했다.

그러나 명분의 싸움이 되자 그들의 가치는 완전히 달라졌다.

백리중이 아무리 외쳐도 그의 말이 강호의 곳곳까지 퍼지질 않았다. 백리중의 목소리와 그의 의지를 퍼뜨릴 지지자가 줄어들어서다. 이제는 아비앵화단도 정의회도 없다. 모두 백리중이 버린 것이다.

"쓸모없는 것들. 버리지 주제에."

백리중의 목소리가 매우 음산하게 흘러나왔다. 그러나 소름 끼치게도 눈에서 비치는 정광은 매우 맑다. 보이는 건 협객의 그것이었다. 목소리와 생각과 표정이 모두 다르다!

백리중이 명령했다.

"의견을 내라."

백리중이 하라고 했으면 해야 한다. 문사들이 저마다 의견을 냈다.

"지금 중요한 것은 독룡을 막을지, 아니면 돌아선 문파들을 다시 끌어들일지 결정하는 일입니다."

"아니오. 지금은 여론전을 하기에 너무 늦었습니다. 새여론을 만들어 내기 전에 설립식이 시작되고 말 겁니다."

"이대로는 설립식을 한대도 의미가 없소이다. 참가가 너무 적으면 정파 무림을 대표하는 대표성이 부족해지고……."

하나 백리중의 생각은 달랐다.

"독룡은 내가 맡는다. 독룡만 죽이고 나면 지금 눈치 보는 것들도 다시 내 앞에 무릎을 꿇을 것이야. 그러나 당장에 오는 놈들이 적어 보인다면 내 체면이 깎이지 않느냐! 이것은 나 백리중이 하는 일이다. 절대로 망한 잔치 취급을 받아서는 안 된다!"

문사들은 눈을 끔벅거렸다. 결국 설립식이야 어떻게 되든 말든 머릿수나 채우라는 뜻이다.

문사들이 생각하는 위기와 백리중이 생각하는 위기의 내용이 너무도 달랐다.

근본적인 걸 해결하겠다는 게 아니라 당장 사람이 많은 것처럼 보이라는 것이다. 빠져나간 수만큼 머릿수를 따로 채우라니. 그게 말이나 되는가.

"없나."

백리중이 재촉했다.

"쓸모있는 생각을 가진 자가 아무도 없나?"

말투에 살기까지 배어 있어 으스스했다.

눈이 가느다란 염소수염의 문사 한 명이 눈치를 보다가 말했다.

"자고로 잔치라고 하면, 찾아온 목적만 딱 치르고 가는 것보다 즐길 거리가 있어야 화려하고 성대하게 보입니다."

백리중이 호기심을 가졌다.

"즐길 거리? 설립식까지 시간이 별로 없다. 방안이 있느냐?"

문사가 바로 대답했다.

"즐길 거리라고 하면 보통은 먹고 마시는 것, 그리고 노는 것이 있습지요. 혈기왕성한 무인들이니 술과 여자로 여독을 풀게 하신다면……."

한 명이 눈을 동그랗게 뜨고 반문했다.

"아니, 이것이 어디 저잣거리 왈패들의 모임이요? 무림을 대표하는 무림총연맹의 설립 행사올시다! 거기에 술은

그렇다 치고, 여자는 뭐요? 여자들을 써서 접대를 하다니
요! 어찌 그런 생각을 할 수가 있소이까!"

순간 백리중이 손가락을 까딱였다.

퍽.

반문했던 문사의 팔이 떨어져 나갔다. 문사는 자신의 팔
에 무슨 일이 벌어졌는지 인지하지 못해 잠시간 멀뚱했다.

백리중이 인상을 찌푸렸다.

"정작 본인은 아무 기획도 내지 못하는 놈이 타인의 의
견을 비방이나 하다니."

그제야 문사는 자신의 팔에서 뿜어지는 피를 보며 비명
을 질렀다.

"으아악! 으아아악!"

문사가 바닥을 뒹굴며 펄떡펄떡 난리를 쳤다.

"시끄럽다."

백리중이 다시 손을 튕겼다. 문사의 머리가 박살 났다.
피와 뇌수가 흩어졌다.

"……!"

회의장이 살벌한 분위기 속에서 얼어붙었다. 문사들이
덜덜 떨었다.

아무도 무어라고 말을 하지 못하였다.

"계속해라."

허락을 받은 염소수염의 문사가 백리중의 눈치를 보며
말했다.

"도, 독룡이 활개 치는 이때에 무인들의 마음을 달래기엔
술과 여자가 제격이지요. 그러나…… 명문가 중의 명문가인
우리 백리가에서 직접 포주 노릇을 할 수는 없는 일이고요."

"그럼……?"

"연맹의 본단 밖에 저잣거리를 만듭니다."

염소수염의 문사가 읍을 하며 말했다.

"상인들을 시켜 저잣거리에서 술과 음식을 팔게 하고 여
자들을 들이게 하십시오. 시일이 촉박하나 상인들도 수만
명에게 술과 음식을 팔아 돈을 벌 수 있는 일이라 마다하지
않을 것입니다. 우리가 직접 하는 일이 아니니 우리 돈을
쓸 필요도 없고 손가락질받을 일도 없습니다. 오히려 상인
들에게 자릿세를 받아 이번 행사에 들어간 비용을 충당할
수 있습니다."

"호오."

"수만 명이 고객입니다. 점소이며 숙수며 기생들이며,
온갖 부자재와 간이 숙소를 짓기 위한 인부들이며…… 그
들의 숫자 또한 무시할 수 없습니다. 설립식 날까지 아주
북적북적할 테니 원하시는 부분이 어느 정도는 해결될 것
입니다. 아주 성대하고 대단한 잔치가 될 겁니다요."

문사들은 황당해했지만 머리를 잃고 싶지 않으니 반론을 내기 어려웠다. 직접 운영하지 않는데도 무림총연맹의 설립식인데, 바로 정문 밖에 술집과 홍등가들이 즐비하면 도대체 그게 무어란 말인가!

하나 백리중은 기꺼워하며 크게 웃었다.

"아주 좋은 의견이다. 너를 새로운 무림총연맹의 총군사로 임명하겠다."

염소수염 문사는 움찔했다. 총군사가 된 건 좋지만 백리중에게 너무 가까이 있으면 목숨이 간당거린다. 대의나 윤리를 들먹이다가 죽을 수 있었다. 오직 윗사람인 백리중의 비위만을 맞춰야 하는 것이다.

다행히도 염소수염의 문사는 그런 일에는 능숙한 편이었다. 최대한 비굴한 표정으로 손을 비비적거리며 말했다.

"게다가 아예 절름발이들이 남창에 발을 들이지 못하도록 차단한다면 독룡이 겁이 나 오지 못하던 자들도 올 수 있게 될 것입니다. 만일 독룡이 난동을 부린다면 오히려 자신을 드러내게 되니 맹주께서 나서서 사람들 앞에서 독룡을 처치해 버리시면 일거양득이 됩지요."

"흠. 그것도 좋은 생각이다. 절름발이는 아예 보이는 대로 족족 죽여서 애초에 들어올 생각을 못 하게 하는 게 좋겠군. 역시 총군사다운 혜안이야."

절름발이들을 죽이라는 말에 문사들은 오싹했다. 하나 백리중의 말에 반대할 수 없었다. 어쩔 수 없이 읍을 하며 동조했다.

"저희들이 보기에도 좋은 생각 같습니다."

"당장 준비하여 시행하도록 하겠습니다."

그런데 백리중은 잠깐 생각하더니 눈살을 찌푸렸다.

"아니지. 절름발이들을 죽이지 않고 그대로 내버려 두는 것이 낫겠다. 절름발이들을 들이되 그들을 감시하는 쪽으로 하라."

문사들이 어리둥절해했다. 그렇게 하면 독룡이 들어오도록 용인하는 것이 아닌가.

문사들이 염소수염의 문사에게 눈치를 주었다. 이유를 알아야 그에 대응할 수 있을 게 아닌가.

"맹주의 깊으신 생각을 소인들이 알아듣기가 어렵습니다. 독룡을 들여도 좋다는 뜻이신지……."

"놈을 너무 쉽게 죽여 버리면 반드시 내 성과를 깎아내리려는 자들이 나타날 것이다. 본좌의 위엄을 보이기 위해서라도 피해가 없어선 안 되지. 죽는 놈들이 많이 나올수록 나의 업적이 더욱 빛나지 않겠는가."

방금 연맹의 외부에 민간인들을 불러 놓자는 계획을 내놓은 터다. 그런데 자신을 돋보이게 만들기 위해 그들을 일부러 죽도록 내버려 두겠다는 뜻이다.

만일 그들마저 피해를 본다면 백리중의 신망은 그야말로 나락 중의 나락으로 떨어지고 말 터였다. 지금의 사태를 초래한 것이 그 같은 행동을 한 때문이거늘!

하나 지금의 분위기에서는 그 말을 할 수가 없다. 문사들의 이마에 식은땀이 맺혔다.

"많이 죽어야 한다. 놈의 명성은 깎이고 나의 명성은 오를 것이다. 놈이 죽이지 않으면 우리가 독을 써서 본보기로 한 이삼백 명쯤 죽여 버리는 것도 좋겠지."

최악.

백리중은 최악으로 달려가고 있었다.

문사들은 떨면서도 필사적으로 머리를 굴렸다. 결국 뒷일을 감당해야 하는 건 그들이었다.

한 명이 궁리 끝에 말했다.

"맹주님의 말씀이…… 옳습니다. 하지만 독룡을 상대할 수 있는 건 맹주님뿐이옵고, 일개 무사들은 독룡을 감당할 수 없습니다. 독룡을 감시하는 게 무리일 것입니다. 무사들의 눈을 피해 사방팔방에서 하독을 하게 되어 우리가 통제할 수 없는 방향으로 독이 번진다면 그것이 맹주님의 위엄을 해칠까 저어됩니다."

"그렇지. 통제가 되어야지. 마구잡이로 독을 뿌리면 남들 보기에 내가 상황을 통제하고 있지 않은 것처럼 보일 게 야. 대안은?"

"독룡이 독을 쓰기 시작하면 독장이 생겨납니다. 독장을 발견한 자들이 저마다 표식을 남겨 놓도록 한다면, 독룡의 악행은 더욱 드러나고 상황도 통제되는 것처럼 보일 것입니다. 또한 잘못된 정보를 알려 독룡을 놓친다면 그 책임도 발견한 자들이 지는 것이지 우리의 책임은 아닙니다."

그제야 백리중의 얼굴에 미소가 맺혔다.

"그 정도면 아주 좋다. 그대로 진행하도록."

문사들도 겨우 안도했다.

자신들이 책임을 져야 할 만한 상황을 모두 피했으니 이제 남은 건 백리중이 진자강만 잡으면 되는 것이었다. 만일 잡지 못하게 되면 어떤 일이 벌어질지…… 생각조차 하고 싶지가 않았다.

*   *   *

백리중은 상계를 협박해 남창의 무림총연맹 본단 외부에 저잣거리를 만들도록 했다. 또 소매에 넣을 수 있는 세 가지 색의 작은 깃발 수만 개의 납품마저 요구했다.

상계는 진자강의 행사에 끼어들고 싶지 않았다. 하지만

당장에 백리중이 목에 들이미는 칼을 무시할 수 없었다. 이미 백리중에게 호되게 경을 친 바 있어 공포심이 그들을 절로 움직이게 했다.

상방과 상단들은 급히 남창에 물자를 보내 가건물을 세우고 저잣거리를 만드는 일도 시작했다.

기한이 촉박하여 모든 것이 얼기설기했다. 인력도 되는 대로 돈을 주고 모았고, 물건도 제대로 된 품질이 아닌 것들이 대다수였다. 설립식까지의 시간을 맞추기 위해 사람을 가리지 않고 물건도 되는 대로 끌어모았다.

무림총연맹 본단에는 매일 수레와 인파의 행렬이 끊이지 않고 이어졌다.

*　　　*　　　*

사람들이 대폭 늘어나자 경계를 맡은 무사들은 잔뜩 긴장했다.

"제기랄, 이 많은 사람 중에서 절름발이를 어떻게 다 골라내 찾으라는 거야. 독룡 얼굴 아는 사람은 없어?"

"아는 사람이 있겠어? 얼굴을 보면 다 죽었겠지."

"어차피 온갖 어중이떠중이 다 오는데 얼굴을 알아도 못 찾을걸."

남쪽 경계를 맡은 조의 조장이 지나가며 무사들에게 말했다.

"걱정하지들 마."

"왜요, 조장?"

"독룡이 절름발이라는 건 세상이 다 알아. 그런데 어떤 정신 나간 절름발이가 뒈지려고 여길 찾아오겠어."

"하기야……. 아니 그게 아니잖아요. 그럼 절름발이가 보이면 그게 바로……."

"독룡이겠지."

무사들이 뻘쭘하게 자신들끼리 얼굴을 쳐다보았다.

조장이 말했다.

"그러니까 절름발이를 잡아서 뭘 하겠다 그런 생각은 버려. 우리 임무는 절름발이가 있다고 보고만 하는 거니까."

"밖에선 절름발이를 보면 재수 없다고 침을 뱉고 발길질을 했는데, 여기선 우리가 절름발이를 피해 다녀야 된다니."

"누가 말려. 죽고 싶으면 대들든지."

무사들은 떫은 감 씹은 표정을 지었다.

그러나 그들에게는 매우 다행스럽게도 매일 오가는 수천 명의 사람들 중에 절름발이는 단 한 명도 보이지 않았다.

조장의 말대로였다. 미치지 않고서야 진자강이 절름발이인 걸 온 세상이 아는데 굳이 올 이유가 없는 것이다.

호광에 들어서면서부터 진자강의 행적은 전혀 드러나지 않고 있는 상태였다. 설립식이 가까워져 올수록 모두의 신경이 날카롭게 곤두섰다. 언제 어디에서 진자강이 나타날지 몰랐다.

시간이 계속해서 흘러가 설립식까지는 이제 닷새도 채 남지 않았다.

＊　　　＊　　　＊

남창 무림총연맹의 본단 외부에 급조된 홍등가의 주루는 연일 성황을 이루었다. 밤이 되어도 불빛이 꺼지지 않았다.

하나 모든 이들이 함께 즐길 수 있는 건 아니었는데, 무인들과 상계의 관련자들 그리고 인부들이 이용할 수 있는 주루가 구역으로 구분되어 있었기 때문이다.

인부들이 이용하는 주루는 거의 판자만 세운 가건물 수준이라 가장 허름했고 싸구려 술을 판매했다. 그나마도 가게에 자리가 없어 술을 떼어 와 맨바닥에서 옹기종기 모여 마시는 일도 비일비재했다.

밤이 되자 곳곳에서 모닥불을 피우고 술을 마시는 인부들의 무리가 늘어났다.

토목 일에 잔뼈가 굵은 인부들이 함께 모여 술을 마시며 욕을 했다.

"니미럴. 돈 때문에 여기까지 오긴 했지만, 독룡인지 뭔지 그것 때문에 잠자리가 뒤숭숭해 죽겠어."

"맞아. 매일 밤 꿈에 야차 같은 놈이 나타나고 내 얼굴이 녹아내리는 악몽을 꾼다니까. 술을 안 마시면 잠이 안 와."

"그래도 일반 사람들은 안 건드린다던데?"

"독에 무슨 눈이 달렸냐? 독룡이 지나가고 나면 수백 명이든 수천 명이든 다 녹아서 독수밖에 안 남는다던데, 그중에 일반인이든 무인이든 지 마누라든 뭐가 섞여 있을지 알게 뭐야?"

인부들이 피식거리고 웃었으나 얼굴은 어두웠다. 다들 불안함을 감추기 위해 술을 들이켰다. 이제 며칠 남지도 않았으니 제발 그때까지만 독룡이 오지 않았으면 하고 바랄 뿐이었다.

"자자, 마셔. 마시고 푹 자. 자다가 독룡인지 그놈 때문에 깨지도 못하고 죽으면, 염라대왕한테 가서 그래. 제가 술 취해서 잘못 왔습니다…… 돌려보내 주십쇼……."

폭소가 터져 나왔다. 인부들이 웃었다.

"마셔! 마셔!"

다른 무리의 인부들도 불안하긴 마찬가지였다.

한 인부는 옆의 인부들이 염라대왕 얘기를 하자 싸구려 화주를 입에 털어 넣고는 고개를 설레설레 내저었다.

"사천의 염라대왕도 독룡에게 당한 마당에 무슨."

"독룡이란 놈은 염라대왕도 한 줌 독수로 만들 놈이지. 에이, 썩을 놈."

그런데 덥수룩한 수염의 중년 인부가 다른 인부들을 나무랐다.

"독룡이 자네들한테 잘못한 게 없는데 왜들 그리 욕을 해. 덕분에 우리도 일감이 생겼잖아. 다른 때보다 웃돈도 두둑하게 받는구만."

인부들이 핀잔을 주었다.

"아따, 공두는 왜 맨날 독룡을 싸고돌아?"

"독룡한테 뭐 받은 거라도 있어? 아니면 공두가 독룡이라도 돼?"

"독룡은 그냥 피에 미친 살인마야. 감싸고 돌 가치가 없는 살인마라고!"

이 무리의 우두머리인 공두가 화를 냈다.

"독룡은 강호를 위해서 목숨을 바치고 있어! 응원은 못 할망정 아무것도 모르면서 왜 욕을 해, 욕을! 자네들 자꾸 그런 소리 하면 임금에서 술값 다 까 버릴 거야!"

"이런 니미!"

술도 얼큰히 마셨겠다 수염이 덥수룩한 한 인부가 공두에게 삿대질을 했다.

"강호니 뭐니 우리 같은 사람들이 그런 걸 뭘 알아. 가만히 내버려 두면 아무 일도 생기지 않는데, 괜히 복수니 대의명분이니 하면서 자기들끼리 싸우느라 우리까지 피해를 보는 거 아녀! 내 말이 틀려?"

"틀려! 독룡은 우리 같은 놈들을 건드린 적이 없다니까!"

"얼어 죽을! 이놈 저놈 다 개새끼인데 뭐가 다르다는 거야?"

덥수룩한 수염의 인부가 옆을 보고 도움을 청했다.

"야, 막내야! 내 말이 틀렸냐, 어? 너도 독룡 때문에 무서워서 죽겠지! 그런 새끼는 살아 있는 자체가 민폐 아냐?"

옆에서 조용하게 술을 마시고 있던 젊은 청년에게 물은 말이었다. 젊은 청년은 얼굴이 허여멀게서 겉으로는 일도 제대로 못 할 것 같았다. 그러나 워낙 사람이 성실하여 모든 인부들이 청년을 좋아했다.

청년이 살짝 웃었다.

"글쎄요."

자기편을 들어 달라는 듯 인부가 더 언성을 높였다.

"너는 임마, 그놈 때문에 우리가 여기서 다 죽으면 돈이고 뭐고 없는 거야. 그런데 공두가 그놈 편을 들고 있잖아. 그게 말이 돼?"

순간 공두가 인부에게 달려들어 멱살을 잡았다.

"야 이 새끼야! 그만 못 해? 왜 막내에게 난리야!"

공두와 인부가 멱살을 잡고 난리를 피우자 주변에서도 환호했다.

"싸운다, 싸워!"

곁에 있던 인부들이 둘을 말렸다.

"좀 참아. 사람이 다 생각이 다를 수 있지."

"우리가 알고 지낸 게 몇 년인데 뭘 그런 걸로 싸워."

인부가 씩씩대면서 물러나고 공두도 팔을 걷어붙인 채로 인부를 노려보았다.

다른 인부들이 화해하란 의미로 술을 잔뜩 먹였다. 그러곤 공두가 술에 취해 비틀거리자 청년을 불렀다.

"막내. 넌 괜찮지? 공두가 많이 취한 것 같으니까 숙소로 좀 데리고 가야겠어."

"알겠습니다."

술에 취한 공두가 청년의 어깨에 기대어 숙소로 가는 걸 보면서 인부들이 혀를 찼다.

"에이, 사람은 참 좋은데 독룡 얘기만 나오면 저렇게 흥분해서 주체를 못 하니.”

“쯧쯧. 누가 아니래.”

공두가 술에 취한 채 중얼거렸다. 청년에게 부축되어 가면서도 다 듣고 있었다.

“멍청이들…… 내가 지들 목숨을 살려 준 것도 모르고…….”

공두의 팔을 두르고 있던 청년은 아무 말도 하지 않았다.

공두가 말했다.

“저 친구들…… 본심은 다 선량해. 집에 가면 처자식도 있고. 다 하루 벌어 하루 먹고 사는 친구들이야. 무지렁이인 것 외엔 아무 잘못도 없다. 너에 대해 모르고 그냥 주워들은 걸 떠드는 게야. 난…… 저 친구들이 안 다쳤으면 좋겠구나.”

청년이 답했다.

“그럴 겁니다. 절대로 다치지 않을 겁니다. 약속드리겠습니다.”

“제발 그리해 줘라. 너라면 그럴 거라고 믿는다…….”

“그렇게 할 테니까 앞으로는 제 얘기가 나와도 저를 감싸지 않으셔도 됩니다.”

“어떻게 가만히 있냐? 네가 무슨 잘못이 있다고……. 네가 어떻게 살아왔는지 다 아는데.”

공두가 한숨을 폭 내쉬며 말했다.

"널 여기서 처음 봤을 때 얼마나 놀랐는 줄 아냐? 진짜 너는 상상도 못 할 거다."

"저도 그랬습니다. 장씨 아저씨가 여기서 일을 하고 계실 줄은 몰랐습니다. 랑랑이와 아주머니는 잘 계십니까?"

"잘 있지."

공두가 반쯤 눈을 감은 채 쓸쓸하게 웃었다.

"랑랑이는 아직도 가끔…… 네 얘기를 하더라."

진자강은 대답하지 않았다.

장씨는 다시 한숨을 쉬었다.

"하필 당가의 가주가 네 부인이라니……. 아니, 이젠 너라고 부르면 안 되는 건가?"

"그렇게 부르셔도 됩니다. 저는 달라진 게 없습니다."

"그럴 줄 알았어. 너라면 그럴 줄 알았다니까! 이렇게 착한 녀석을 사람들은 왜!"

장씨는 목소리가 높아졌다가 곧 침울하게 말했다.

"저 안에 모인 무림인들. 다 죽겠구나."

"네."

"……그래. 알았다."

독곡에서의 일이 떠올랐음이 분명했다. 장씨가 진자강의 어깨에서 팔을 빼고 혼자 섰다.

"이제 혼자 갈 수 있다. 너도 할 일이 많이 있겠지. 가 봐."

진자강은 잠시 장씨를 바라보다가 인사를 하고 돌아섰다.

장씨는 술에 취해 있었지만 정신은 멀쩡했다. 때문에 진자강이 또렷한 걸음으로 걸어가는 모습을 볼 수 있었다.

기가 막힌 일이었다. 모두가 절름발이를 찾느라 혈안이 되어 있는데 정작 그 절름발이는 이미 그들의 곁에 와 있는 것이다. 심지어 절름발이도 아니었다…….

"나중에…… 우리 랑랑이 보러…… 한번 와 줘라……."

장씨는 중얼거렸다. 그러나 그건 이루어질 수 없는 바람이라는 걸 그가 가장 잘 알고 있었다. 진자강이 장담하긴 하였으되, 연맹의 내외에서 싸움에 휘말린 민간인들이 죽는 걸 막는 것이 불가능한 것처럼.

진자강은 낮에는 장씨의 목공조에서 일을 했다. 그리고 밤에는 하역장에서 일을 했다. 하루에도 수백 대씩 수레가 들고 나는지라 밤낮없이 인력이 필요했다.

하역장에서 사람들이 쉴 새 없이 짐을 싣고 내리는데도 평소보다 많은 수레가 있었다. 하역장의 담당이 진자강을 보고 반색했다.

"아, 왔어? 잘됐네. 오늘은 저 수레에 있는 물건들을 맹 안의 창고까지 가서 하역해야 돼. 넌 맹 안이 처음이지?"

"예."

"뭐 별거 없으니까 가서 열심히 짐만 내리고 오면 돼."

진자강은 다른 인부들과 함께 수레에 타고 이동했다. 수레에 실은 짐을 보니 자루에 수많은 깃대가 담겨 있었다.

"웬 깃발입니까?"

한 뼘 정도의 길이로 모두 세 가지 색이었다. 그런데 한두 개가 아니라 수십 대의 수레에 모두 깃발이 실려 있었다. 담긴 포대만도 족히 수백 자루는 되어 보였다.

옆의 인부가 힐끗 진자강을 보고 말했다.

"뭐 특별히 주문해 온 거라는데. 독룡이 오지 않아서 그냥 맹 안의 창고로 옮겨 둔다고 하데."

"무엇에 쓰려는 걸까요."

"독장의 표식이 어쩌구 하던데, 모르지 뭐."

진자강은 새빨간 적색기를 들어 보았다.

"독장이라…… 그렇군요."

진자강과 인부들 그리고 깃발을 실은 수레가 무림총연맹의 정문 앞에서 기다렸다.

"잠깐 기다려!"

정문에 서 있던 무사들이 수레를 막았다.

그러나 수레를 검색한다거나 인부들을 검문하는 건 아니

었다. 늘 있는 일인 듯 인부들은 동요하지 않았다. 내려서 옆에서 소피를 보거나 잡담을 하고 기다렸다.

곧 자야(子夜)를 알리는 종이 울렸다.

뎅 뎅 뎅.

"시작됐다!"

무사들은 물론이고 경험이 많은 인부들도 귀를 막고 눈을 감았다. 동시에 무림총연맹의 본단 전체에서 스산한 기운이 퍼지기 시작했다.

끼이이이이아아아아!

계곡 사이에서 불어오는 듯한 날카로운 바람 소리처럼 나지막한 귀곡성이 울렸다.

귀곡성은 한참을 울렸다.

"어휴 끔찍해. 이게 뭐람."

인부들이 인상을 쓰고 투덜거렸다.

그러나 진자강은 인부들이 들은 소리 이외에 또 다른 것들을 느낄 수 있었다.

백리중이 겁살마신의 내공을, 아니 그 자신의 내공을 무림총연맹 전체에 퍼뜨리고 있었다. 촘촘한 실그물 같은 내공이 사방으로 뻗어 모든 것을 건드리고 있었다.

'나를 찾고 있다.'

진자강이 들어오고 있는지 아닌지 감시하고 있는 것이다. 만일 진자강이 그 안에 있다면 분명히 동류인 겁살마신의 내공이 반응할 것이므로!

백리중의 내공이 진자강에게까지 와 닿아 툭툭 건드렸다. 하나 진자강의 내공은 전혀 반응하지 않았다.

무림총연맹 전체에 미칠 정도로 막대한 내공이다. 수많은 고수들을 자양분으로 삼은 백리중의 내공은 이전과 비교도 할 수 없이 늘었다.

초마니 탈마니를 넘어서서 그 자신이 이미 마(魔) 그 자체에 올라 있었다.

그러나 진자강은 무덤덤했다. 이미 완벽하게 통제되는 진자강의 내공은 진자강의 의지에 따라 그대로 멈추어 있을 따름이었다.

곧 귀곡성이 거의 들리지 않을 정도로 희미해지고, 무사들이 한숨을 토하며 귀에서 손을 떼었다.

그러곤 귀찮은 듯 인부들을 향해 손짓했다.

"통과!"

수레가 움직이기 시작했다. 무사들이 수십 명이나 있었으나 별다른 제지도 받지 않았다. 정문을 통과할 때에는 그저 사람들만 내려서 걷도록 했을 뿐이었다.

맹 안의 창고에 도착하자 담당자가 자리를 지시하며 소리쳤다.

"우리가 대낮에 맹 안에서 왔다 갔다 하는 걸 보면 윗분들이 싫어하시니까 밤새 다 내리고 돌아가야 돼. 알았어? 농땡이 부리면 혼날 줄 알아!"

인부들이 수레에서 짐을 내려 창고에 쌓기 시작했다.

*　　　*　　　*

백리중은 어둠 속에 있었다.

무림총연맹에서 가장 높은 전각의 지붕에 올라 달을 등진 채로 쉼 없이 내공을 발산하였다. 그래도 내공이 줄지 않을 정도로 내공이 깊어져 있었다.

"전혀 느껴지지 않는군. 올 생각이 없는 것인가, 아니면 겁을 먹은 건가."

백리중이 이를 드러내며 웃었다. 진자강의 행적은 여전히 드러나지 않았다. 그러나 아직까지 남창으로 들어온 흔적도 없었다.

그도 그럴 것이, 수만 명의 일반인들이 방패가 되어 무림총연맹을 감싸고 있지 않은가. 무슨 수작을 부리려 해도 방해가 될 테니 머리가 복잡할 터였다.

"여론, 명분? 그딴 건 한 번에 뒤집어 주마. 와라. 네놈이 어떤 얼굴을 하게 될지, 그 얼굴 똑똑히 보아 줄 테니."

하 하 하 하!

백리중의 웃음소리가 야반의 무림총연맹 본단을 미친 듯이 휩쓸었다.

〈다음 권에 계속〉

DREAMBOOKS★

DREAMBOOKS

DREAMBOOKS

DREAMBOOKS★